季語で読む源氏物語

西村和子
Nishimura Kazuko

飯塚書店

季語で読む　源氏物語

はじめに

「源氏物語」は恋の諸相を描いたものだと言う人もあれば、歌を軸に書かれた物語と言う人もある。男の有為転変を綴った小説と読む人もいれば、女たちの魅力を書き分けたものと見る人もいる。親子三代にわたる長篇に、因果応報を読み取ることもできるし、出家のいきさつを辿ることで王朝人の人生観が見えても来る。ひとつの物語からさまざまなことを汲み取る楽しみが、千年も昔に書かれた世界最初の長篇小説を常に新しくしているのだ。

十代のころから俳句を作って来た私にとっては、とりわけこの物語の随所に見られる季節描写が興味深い。主要な場面では必ずと言っていいほど、季節がこまやかに語られている。春秋の巡りの中で人々は出会い、折々の情趣に包まれて恋を育て、草花に託して思いを述べ、四季の移ろいとともに物事は去ってゆく。

「源氏物語」は季節すなわち春秋の物語であると言えよう。物語の筋を縦糸とするならば、季節描写は横糸となって背景を織り成している。それが出来事に豊かな彩りと深い奥行きとを与え、季節の風や雨や雪が、人々の心のうちを象徴することにもなる。ここに鏤められた季節の言葉に、のちの俳諧の季題、現代の俳句の季語の源を見る思いがする。

そこで季語という視点からこの物語を読んでみよう。年の初めから終りまで、光源氏をはじめとするさまざまな人物が、物語の筋とは関りなく登場することになるが、読み通した時に、四季の曼陀羅が織り上がるように、光源氏と彼を巡る人々の春秋が浮き上がって来ることだろう。

目次

初音——六条院の新春

時は千年の昔、ところは京の都六条で、光源氏は三十六歳の新春を迎えた。広大な敷地を春夏秋冬の四つの庭に分かち、それぞれの御殿に思い人を住まわせるという贅の限りを尽した六条院は、前年の秋に新築なったばかりである。

人々は賑やかに歯固めの祝いをして、餅鏡《もちいかがみ》を取り寄せて千年《ちとせ》の長寿を願っている。「齢《よわい》」という字が示すように、歯を固めることは年齢を確かなものにすることにつながる。餅鏡は現代の鏡餅のことで、心の臓をかたどったものとも言われる。このあたりまでは千年前の人々の正月も、私たちと何ら異なるところはない。

だが光源氏の元日は多忙だった。賀客が帰った夕方になって、改めて衣裳をひき繕い、お化粧をして、六条院に住む女性たちのもとを一人一人訪れたのである。それは一見、年賀の挨拶まわりのようだが、源氏の訪れは、人々に幸福をもたらすものだから、神が人間に祝福を授ける姿に限りなく似ている。

紫の上が明石の姫君を育てている春の御殿では、女《め》の童《わらわ》たちが庭の築山《つきやま》の小松を引いて遊んでいる。今日はちょうど子《ね》の日で、冬も緑を失わぬ松の根の長さにあやかって長寿を祝おうというのだ。そこに姫君の産みの親、明石の君から歌が届いた。

とし月をまつにひかれてふる人に今日《けふ》うぐひすの初音きかせよ

今年八歳になる姫君と引き離されたまま、明石は同じ敷地内に住んでいながら、久しく我が子の顔を見ていない。せめて声だけでも聞かせてよという母親のせつない思いに触れて、源氏は正月早々、縁起でもなく涙がこぼれそうになる。

その明石の君が住む冬の御殿を訪れたのは、元日も暮れ方になる頃だった。意匠をこらした火桶に香をくゆらした室内には、舶来の敷物に琴が置かれてあるばかりで、源氏を待ち兼ねているはずの女の姿は見えない。硯の周りに取り散らしてある反故《ほご》を手に取ってみると、淋しい心のうちが書きさしてある。玉と輝く御殿で、一番淋しい正月を過ごす女がここにいる。やがて慎み深く現れた明石の心憎い登場にほだされて、源氏は年の初めの夜を彼女とともに過ごしてしまう。

花紅葉——初恋の人

光源氏の最初の不幸は、三歳で生母に先立たれたことだった。帝の寵愛を一身に集めていた桐壺の更衣は、ほかの女性達の恨みそねみを受けて病みがちであったが、「世になく清らなる玉のをのこ」を生んだ喜びも束の間、その子が三歳の袴着《はかまぎ》の儀式を済ませた年の夏、亡くなってしまう。

第二の不幸は、初恋の女性が愛してはならない人であったことだ。桐壺の更衣と生き写しであるゆえに入内《じゅだい》した藤壺の女御に、父の帝は

「よそよそしくしないでこの子をかわいがってやって下さい。母と慕うのも無理はないのですから」

と引きあわせる。まわりの人々も

「ほんとうにそっくりでいらっしゃいます」

と、生母の記憶が少しもない幼子に言い聞かす。子供心にもなつかしく思われて、いつも藤壺

のそばにいたいものだと願うのは、ごく自然のなりゆきと言えよう。

「をさな心地にも、はかなき花・紅葉につけても、心ざしを見《み》えたてまつり、こよなう心よせ聞え給へれば」というあたりに、幼くもいじらしい恋心が表されている。それは、野の花を摘んで帰った子供が、思いがけなく喜んでくれた母の笑顔を見て幸福感に満たされるのと、少しも違わない感情であったことだろう、はじめのうちは。

ささやかな花や、きれいに色づいた木の葉を、その人のために持ち帰ることが習い性になった少年は、そのうちに美しいものに触れると先ずその人に見せたいと思うようになる。この美しい花を捧げてあの人の喜ぶ顔を見たい。このあざやかな紅葉をあの人と一緒に眺めたい……。それも自然な恋のなりゆきである。

しかし「あの人」は父親の妻であり、自分にとっては義理の母親だ。十二歳で元服し、年上の葵の上を正妻として迎えた光源氏は、それまでのように藤壺の御簾の内に入れてもらうわけにもゆかなくなった。大人達の配慮で決められた正妻になじめない源氏は、心の奥底で「藤壺の御ありさまを、たぐひなしと思ひきこえて、さやうならむ人をこそ見め。似る人なくも、おはしけるかな」と、ますます藤壺を理想像として思いつめ、「幼《をさな》きほどの御ひとへ心にかゝりて、いと苦しきまでぞ、おはしける」という具合である。このあたりはこわいようだ。元服して大人の仲間入りをしたとは言え、まだ十二歳の少年が、継母を子供のころの心のまま一筋に思いつめ、苦しいまでに胸を痛めているというのだから。

そして自宅をまたとないほど立派に改築し、植込みも築山も趣深いところへさらに池を広く掘り、自然のありようを庭に再現し、ここに理想通りの人を迎えて住みたいものだと、そればかり「なげかしうおぼし」続けているという。新婚の身であるにもかかわらず、正妻の家にはめったに足が向かない。理想の人、藤壺は永遠に手に入らない存在だ。

光源氏の女性遍歴は、ここから始まったのである。

雪明り――凍る思い

雪は人を追憶の世界に誘《いざな》う。天がもたらす清い雪片は人に現実を忘れさせ、思い出や夢を甦らせるものらしい。

光源氏が永遠の恋人藤壺の思い出を語ったのも、雪が降り積った上にさらに舞い落ちる夕暮のことだった。紫の上と雪の庭を眺めつつ、花や紅葉の盛りよりも、こんな冬の夜の冴えた月光に雪の照り映える光景の方が心にしみて、この世の外《ほか》のことまで思いやられるね、と、御簾《みす》を巻き上げさせる。

この世の外――それはその秋亡くなった藤壺がいる世界にほかならない。雪と氷に閉ざされた色のない世界にいる藤壺を、源氏はまざまざと思い描いている。

月が隈なく照る雪の庭に、女《め》の童《わらわ》たちを下して、雪丸《まろ》げをさせる。袴の帯もしどけない宿直《とのい》姿（部屋着姿）の童女たちが、月明りと雪明りの中で雪の塊を転がしてははしゃぐ姿は、艶に愛らしい。その眺めを楽しみながら、源氏は藤壺の庭にもかつて雪山が作られたことを思い出す。

そして、今まで心に秘めて誰にも語らなかった藤壺への思いの一端を、紫の上にしみじみと語る。この世に二人といない方だと。

多くの魅力的な女性たちに囲まれ、心長くつきあう光源氏は、天下の果報者と思われているが、その心深く棲みついた女性は、生涯を通してたった一人だった。最愛の仲と誰もが認める紫の上にしても、不惑を過ぎて娶った女三の宮にしても、藤壺のゆかりを求めた結果にすぎないのだ。

もの心つく前に死んだ生母と生き写しの継母を慕う幼心が、いつの間にか唯一の人と思いつめる恋に変わっていた。二人の仲は物語の中でさえも秘密裡にことが生じ、読者が気づいた時には罪深い恋は恐ろしいまでに進んでしまっていた。

藤壺が生んだ源氏の子は、表向き父帝《みかど》の子と信じられ、秘密は藤壺の死とともに封じ込められた——はずだった。

その夜、源氏の夢枕に藤壺が立つ。決して人には洩らさないと約束したのに、浮き名が洩れてしまったので苦しい目に会っていますとおっしゃる。紫の上の呼ぶ声にうつつに引き戻された源氏であったが、夢のつらさに胸がつまり、涙が止まらない。冷たい異界で苦しむ藤壺。月光冴えわたる雪の世界に取り残された源氏。傍らに眠る源氏の夢の中も心の中も覗くことのできない紫の上。心も凍る思いがしているのは、紫の上かも知れない。

汀の氷——ひき離された母娘

元日の夜に源氏の愛を射止めた明石の君は、六条院で最も幸せな女性のように見えるが、実は最も辛い体験をして淋しく過ごしていたのである。

明石の君はその名の通り、源氏の須磨流離の時期に、明石で契った女性である。その後、源氏の子を産んだことで都に呼び寄せられたものの、身分の違いから大っぴらに名乗って出ることはできなかった。大堰川のほとりの邸で娘を育てつつ、源氏のたまの訪れを待つといった陰の存在だった。

しかし、源氏にしてみれば、たった一人の娘をいつまでもそんな扱いにしておくわけにはゆかない。三歳になったのを機に、紫の上を義母として、袴着《はかまぎ》という幼児の成長を祝う儀式を盛大に行って、世間におひろめをする心づもりだった。

可愛い盛りの我が子を手放すのは辛い。しかしいつまでも自分の手元に置いていては、せっかく源氏の姫君として生まれた幸福を奪うことになる。明石の心は千々《ちぢ》に乱れた。

別れの日は「雪、かき暗し、降り積るあした」にやって来た。白い衣を重ね着した明石は、来し方行く末のことを残らず思い続けながら、汀《みぎわ》の氷などを眺めている。みずからの運命の厳しさに耐えているかのような真冬の後ろ姿は、はたで見る人々の心をも打つ。

この子がいなくなったら、こんな寒い日はどんなに心細く淋しいだろうと、涙にくれながら乳母と別れの歌を交す。どんなに雪が深くとも、かならず手紙でこの子の様子を知らせてね、と。そこへ源氏がやって来る。何も知らない姫君は、車に乗るまで抱いてくれた母の袖を引いて、「お乗りなさいな」と、片言ながら愛らしく言う。はげしく泣く明石を慰めつつも、源氏はそのまま姫君を連れ去ったのである。

この雪の日の別れは、幼子のぬくもりを四六時中肌に感じていた母親が、いきなり我が子をもぎとられる酷さを物語っていよう。心情的な辛さは言うまでもないが、それに加えて母親が体で感じる悲しみといったものが、ひしひしと伝わって来る。

明石の君はそれ以来我が子と会えないまま、六条院の冬の御殿に、ひっそりと移り住んだのであった。

毛皮——末摘花は石長姫

寒い季節、平安朝の人々はどんな防寒対策をとっていたのだろう。暖房器具といっても火桶ぐらいのものだったから、京の底冷えはさぞかし身にこたえたことだろう。

当然厚着になる。身分の高い人々は絹織物の着物を何枚も重ねて身につけていた。十二単《ひとえ》は冬を過ごすための必然から生じた装束でもあった。

源氏物語には一人、舶来の毛皮をまとったお姫様が登場する。その人の噂を源氏が耳にしたのは、十八歳の春のことだった。

亡き常陸の宮が大事に育てた姫君が人知れずひっそりと暮らしているという話と、琴の音だけに惹かれて頻りに言い寄った甲斐あって、源氏は姫を我がものにすることができた。ところがこの姫君、むやみと恥ずかしがる性格で、声も聞かせてくれなければ顔も見せてくれない。いつも暗闇の中で手さぐりで逢うだけなので、何とかして一度見てみたい。そうすれば「見まさりするやうもありかし」と期待して、ある冬の宵、こっそり姫の寝殿に入って格子の間から覗き見を試みた。

父宮が亡くなってからというもの、邸宅は荒れ放題で、暮しぶりも不如意である。老女房が四、五人、隅の方で粗末なものを食べながら愚痴をこぼしている。

「ああ、なんて寒い年だこと。命ながければ、こんなつらい目にもあうものなのですね」

と、泣いている者がいる。

「亡き宮様がいらした時代を、どうしてつらいと思ったのかしら。こんなに頼りなくても暮らしてゆけるものだったのねェ」。

飛びあがらんばかりに震えている者もいる。あまりに外聞の悪いことをこぼしあっているので、源氏はいたたまれなくなって、今ちょうど来たように見せかけて格子を叩いた。すると女房たちは「それ、それ」などと言って、あわてて灯火《ともしび》を明るくして格子を上げて迎え入れる。ということは、それまでは倹約して灯まで暗くしていたのだ。

女房たちが心配していた雪が、垂れるようにぼとぼと降って来た。おまけに風が烈しく吹き荒れ、吹雪の夜である。灯が消えてしまったが、それをつける女房もいない。源氏にとっては常と違うこんな夜は、これはこれで心にとまるはずなのだが、何しろ相手が引っこみ思案で無愛想なので張りあいもなく残念な思いのまま夜が明けてしまった。

何とも寒々しい逢瀬ではある。明け方、雪は止んだようだ。格子を手ずから上げて前栽《せんざい》を眺める源氏の姿は、早朝の雪明りに映えて一段と清らかで若々しい。やさしく誘う源氏の声に、姫君はやっと重い腰を上げ、明るい方へにじり出て来た。

はじめてあらわになった姫君の姿――。源氏は雪の庭を見ているふりをしつつも、横目を使ってしっかりと一部始終を見てしまった。まず、座高が高く胴長だ。深窓の姫君は家の中では座ったまま身を動かすのがよしとされていた時代のことだから、嵩高いのはいただけない。源氏は手さぐりで察してはいたものの「さればよ、と、胸つぶれぬ」。

それに続いて何とも異様に見えたのはお鼻であった。それは普賢菩薩の乗物、即ち象の鼻そっくり。あきれるほど高くのびて、先の方がすこし垂れて色づいているのは殊のほか気味悪い。顔色は「雪はづかしく白うて」額の様子は大変広々として、下ぶくれの顔立ちは扇で隠しておられるが、たぶん恐るべき長さであるに違いない。体つきは気の毒なほど痩せてごつごつしていて、肩のあたりなど着物の上から見ても痛々しいばかりだ。源氏は、どうしてこんなに残りなく見てしまったのだろうと後悔するが、「珍しきさまのしたれば、さすがに、うち見やられ給ふ」。この自発の「れ」の何と効果的なことか。気の毒に思うけれど、自然に目が行ってしまうのだ。

だが、ひとつだけ認めている所がある。それは姫の黒髪である。豊かな髪のかかり具合は、源氏の知る立派な女性達にも劣らぬほどであり、着物の裾の方にたまって引きずっている部分は一尺ほどもある。髪は当時の美人の条件のひとつでもあったから、大いに讃えているのである。

ところがそのお召し物と言ったら――着ているものをとやかく言うなんて口さがないようだけれど、と言い訳をしつつも、紫式部はしっかりと書き留めている。ゆるし色という本来は淡い紅色なのだが古びてすっかり白茶けてしまった一襲《ひとかさね》に、黒ずんでしまった紫の袿《うちぎ》を重ねて、さらにその上に大そう立派な黒貂の裘《かわごろも》に香を焚きしめてあるのを着ていらっしゃる。古風で由緒ある御装束ではあるが、「なほ、若やかなる女の御よそひには、似げなうおどろ〳〵しきこと、いと、もてはやされたり」と、皮肉も忘れない。若い女性のお召物としては似つかわしくなく大げさではないかしら、というわけだ。

末摘花が「冬の姫君」だと思われるのは、このくだりである。後朝《きぬぎぬ》の場面に、たぶん亡き父宮の形見であろうセーブルの裘を被ったままのお姫様なんて、色気のないことこの上ない。だが、荒れ果てた邸内は女房たちも寒がっていたように、隙間風も多いことだろう。昔作った古びた着物を重ね着して、さらに裘がなくてはさぞかし寒かろうと思われる蒼ざめた顔で、姫君はおし黙っておられる。お姿を見せて下さるほど心を許して下さったのだから、やさしい言葉を聞かせて下さいよ、という源氏の歌にも、「むむ」と笑うだけ。源氏は早々に立ち去ってしまう。

だが、源氏は末摘花に愛想をつかしたのではなかった。その暮しぶりのあまりの痛々しさに同情し、何くれとなく援助を惜しまなかった。絹や綾や綿などの衣服を、姫君に贈ったばかりでなく、老女房や老門番にまで気を配ってやり、後見人のように世話をして誠意を示し続けた。こんなところが源氏の色好みたるゆえんであろうか。

ここで思い出されるのは木《こ》の花咲くや姫と石長《いわなが》姫の神話である。神代の昔、邇邇芸《ににぎ》の命が高天原から地上に降臨した時、笠沙の御前《みさき》で麗しい乙女に遇った。誰の娘かと問うと、大山津見の神の娘で、木の花咲くや姫と答えた。そこで大山津見の神に娘が欲しいと乞うと、いたく喜んで、その姉の石長姫を添えて、多くの献上物とともに娘を差し出した。ところが姉の石長姫は、とても醜かったので、邇邇芸の命は恐れをなして親の元へ送り返し、妹の木の花咲くや姫だけを留めて一夜の契りを結んだ。

大山津見の神は深く恥じて言った。

「私が娘を二人奉ったのは、わけがあったのだ。石長姫をお使いになるならば、天つ神の御子の命は、雪が降り風が吹いても、常に岩のごとく永遠に堅くゆるぎなく坐すであろう。また、木の花咲くや姫をお使いになるならば、木の花の栄えるが如く栄えるであろうと祈誓して奉ったのだ。このように石長姫を返して、木の花咲くや姫だけを留めなさったからには、天つ神の御子の寿命は木の花のようにはかなくなるだろう」。

こういった次第で、今に至るまで天皇の寿命は長久ではなくなったという話が『古事記』に見られる。

木の花咲くや姫は、「木の花さくら姫」であろうと言われている。古代において、「ヤ」音は「ラ」音と相通音であったと思われる例がほかにも見られるからだ。美人の代表である「さくら姫」と、雪にも風にも負けぬ長久の命の代表である「石長姫」。この神話の二人の姫が、「源氏物語」では若紫と末摘花に姿を変えて、性格をそのまま受け継いで登場していると見ることができよう。

『古事記』において石長姫は「いと凶醜《みにく》き」とのみ記されているが、その名前から推量するに、末摘花のごとく胴長で鼻も顔も長く、ごつごつした体つきでおし黙っていたのではあるまいか。末摘花の姿が初めて明らかになったのが吹雪の翌朝であったというのも、何やら象徴的である。何よりも、性格が正反対の二人の姫君と源氏が同時進行でつき合い、時期を同じくして二人を得ていることは興味深い。

神話の神は醜い女性を嫌って追い返してしまったが、心優しい光源氏はそうしなかった。世間並の特に変でない容貌の女だったら忘れて棄ててしまっただろうが、はっきり見てしまってからはかえって可哀相でならず、まめに便りをし続けた。理想的な色好みとは、どんな女性にも真心と誠意を示すものなのである。

末摘花は、よく言えばおっとりとした、悪く言えば鈍い性格で、源氏からの恋愛感情抜きの援助を恥ずかしがるわけでもなく受け入れた。そしてたまにひどく時代遅れの贈物や手紙を送って、源氏を苦笑させていることなど知りもしない。この、物に動じない性格はその後も変わらず、世の中の動きに対応して身を処してゆくことなど決してできない姫君であった。

末摘花が石長姫の性格を受け継いだ女性であることは、ずっと後になって証明されることになる。源氏が失脚して須磨で暮らすことを余儀なくされた時期、多くの人々が源氏のもとから離れて行った。だが、かたくななまでに何事にも動じない末摘花は、人々の去った荒廃した屋敷で、源氏一人の訪れをまさに岩のように長く長く待ち続けたのである。

紅梅――知る人ぞ知る

「木の花は　濃きも薄きも紅梅」

と言ったのは清少納言だが、平安朝の女性は白梅よりも紅梅を愛《め》でたようだ。凜とした中にも艶なる趣のある紅梅は、文化が成熟し、色彩感覚もこまやかだった時代の好みにかなう花だったと言えよう。

源氏物語にも「宇治十帖」に「紅梅」の巻がある。光源氏も、そのよきライバルだった頭《とう》の中将も、すでにこの世の人ではない時代の話である。

邸の東の端に見事に咲いた紅梅に見入っているのは、かつての頭の中将の次男、按察使《あぜち》の大納言。この花を匂宮《におう》にさし上げようと思いたつ。源氏の孫にあたる匂宮は二十五歳。世の人々の憧れの的である。

ちょうど御所へ向かう末の息子に、紅梅の一枝を托して、大納言は「知る人ぞ知る」と口ずさむ。これは

君ならで誰にか見せむ梅の花色をも香をも知る人ぞ知る

という「古今集」の紀友則の歌。すでに人口に膾炙《かいしゃ》していたこの歌は、成句になって私たちの世までも引き継がれている。

大納言の心のうちには、光源氏の再来ともてはやされる匂宮に、娘をさし上げたいという思いがあったのだ。我が家に咲いた美しい紅梅（娘）に、まず鶯（あなた様）が訪ねて来てほしい、と詠んだ歌を、紅《くれない》の紙にしたためて、紅梅に添えて持たせた。

殿上童《てんじょうわらわ》姿の可愛い息子を目にするにつけても、光源氏に親しくお仕えした昔を思い出し、あれほどの方は二人といらっしゃらないと、大納言は涙ぐむ。少年時代から音楽に秀でていた彼の美声は、源氏を楽しませたものだった。だが、匂宮の関心は別の姫君の方にあった。今後も恋の使者としてこの童を手なづけようと、特別そばに置いて可愛がる。匂宮とはその名の通り、花も恥ずかしく思うほどのかぐわしい匂いを、いつもただよわせていたという。その匂いに包まれて宿直《とのい》をすることを、子供心にも嬉しく慕わしく思う童。

源氏物語に登場する男たちは、総じて趣味がよく、美しく、あやういまでに繊細で、涙もろい。紅梅の色をも香をも最も愛していたのは、女性たちよりもむしろ男性たちだったかも知れない。

垂氷——雪の中の逢瀬

都では梅の花が咲き匂う頃となっても、山里の春はまだ遠い。都の雪は消えかかっても、山路を深く分け入るとまだまだ雪が降り積っている。

光源氏の息子の薫の君が浮舟を住まわせたのは、そんな山里だった。そこは薫の永遠の恋人、大君が住んでいた宇治川のほとりだった。薫は自分の思いを受け入れぬまま逝ってしまった女の面影を、その人の異母妹である浮舟に見出したのである。浮舟にはもう一人、思いを寄せる男がいた。常に薫に対抗心を燃やしていた匂宮である。二人の性格は対照的だった。いずれは京に迎えようと言ってくれながらも、山寺で念仏を唱えてから訪れて来るような悠長で慎重な薫と、身分も地位もかえりみず、情熱的に言い寄って来る匂宮との間で浮舟は悩む。

如月《きさらぎ》の十日ごろ、匂宮はいてもたってもいられず、春の大雪をおかして宇治を目ざした。人も通らぬ細道を分けて、お供の人も泣きたくなるほどの恐ろしい雪の夜道を、浮舟に逢いたい一心でやって来たのである。夜更けになって訪れた匂宮に、浮舟もいたく心を動かされる。

雪の中の逢瀬で、この「浮舟」の巻ほど美しい場面はあるまい。翌朝、匂宮は浮舟を小舟に抱き乗せて連れ出す。現実を離れて別世界へ連れ去られてゆくようで、心細く思った浮舟は、ひしと寄り添って抱かれたまま、身も心も委ねている。そんな女を、宮は限りなくいとしいと思う。

一面の雪景色の中、有明の月が高く澄み、曇りなく冴えかえる水の面を、二人は小舟で運ばれてゆく。薫が用意したすまいではなく、二人だけの恋の隠れ家で心おきなく時を過ごすための、水の上の「道行」である。

橘の小島に漕ぎ寄せて、常磐木《ときわ》の緑にことよせて変わらぬ愛を誓う匂宮。舟を降りる時もみずから女を抱き上げる匂宮。こんなに素敵な体験をさせてもらって靡《なび》かぬ女がいるだろうか。

隠れ家に着いたころ日がさして来て、軒の垂氷《たるひ》（つらら）が光を反射し、浮舟の姿を一段とひきたてる。鏡をかけたようにきらきらと輝く雪山に囲まれて、二人はここで夢のような二日を過ごしたのである。

若菜——緑の生命力

明治の初めに新暦が取り入れられるまで、日本人は長い間、月の暦をたよりに暮らして来た。源氏物語の人々も、月の形によって今日は三日だとか、欠けてゆく月を眺めては今月も終りに近いなどと認識していたのである。

月の暦に従えば、正月はたいてい立春前後になる。ちょうど日脚も伸びて来て、明るく新しい季節の兆《きざし》が見える時分である。新年はすなわち春の始まりだった。

一年で最も寒い季節に新年を迎えることになってしまった現代でも「新春」とか「初春」という言葉を年賀状に記すのは、月の暦で暮らして来た民族の伝統の名残と言えよう。ちなみに二〇〇七年の旧正月は、新暦二月十八日だった。このころになると野には新しい命の息吹が見られ、七草も自然に手に入ったわけである。

「若菜」の巻には四十歳の新春を迎えた光源氏に、玉鬘《たまかずら》が若菜をさし上げた子《ね》の日の様子がことこまかに描かれている。ご病気の朱雀院に遠慮して、四十の祝いはいっさい辞退していた源氏だったが、部屋のしつらえから料理まで何もかも秘密裡に準備した玉鬘は、突然の宴《うたげ》で源氏を大いに喜ばせた。

若葉さすのべの小松を引きつれてもとの岩根を祈る今日かな

玉鬘は、二歳と三歳の息子に同じ装いをさせて伴い、育ての親である源氏の長寿を祈る歌とともに若菜を贈った。源氏はそれを形ばかり召し上がって、盃を傾ける。宴たけなわとなり、盃が流れ、若菜の羹《あつもの》（おつゆ）を召し上がる。

これは冬も緑を失わぬ松の根を引いて長寿を祈り、春の初めの若々しい緑の命をもらうことを意味する。今日私たちがお雑煮に小松菜を入れ、七草粥を食べるのは、こうした自然の生命力にあやかる思いが受け継がれているからだ。

宇治十帖の浮舟も、剃髪ののちに小野の里で若菜をもらう。それは粗末な籠に入れて里人がもたらしたものだった。浮舟の命を救った尼君は雪間《ゆきま》の若菜をいとおしみ、ゆくすえを頼みにする歌を詠む。

山里の雪間《ま》の若菜摘みはやし猶おひ先の頼まるゝかな

それに対し、浮舟はこう応じた。

雪深き野辺の若菜も今よりは君がためにぞ年もつむべき

世を捨てた二人の女も、命ある限りはささやかな若菜を頼みに思う。その尼姿のなんとけなげであることか。

沫雪——閉め出された源氏

立春を過ぎてからの雪を沫雪《あわゆき》と呼ぶ。冬のさらさらした雪と違って水っぽく、沫のように溶けやすいからとも、すぐに消える淡い雪だからとも言われる。四十歳の光源氏が、御年十三、四ばかりの女三の宮を六条院に迎えたのは、そんな雪が降る頃だった。

出家を覚悟した朱雀院のたっての願いだったとは言え、紫の上という最愛の人がありながら、今更なぜ娘より年下の宮様をお迎えしなければならないのか。しかも最上級の身分の方だから、正妻として六条院の寝殿にお据えしたのである。

実はこの宮様の母親は、源氏の永遠の思い人藤壺の腹違いの妹にあたる。ここでも源氏は藤壺の面影を求めたのであった。

紫の上の落胆は言うまでもない。どれほど言葉を尽して変わらぬ愛を誓ってくれても、毎晩寝殿に通う源氏を送り出す辛さが薄れるはずもない。当時は新婚の三日間、男は女のもとに通わねばならなかった。

三日目の朝、源氏は女三の宮のもとで紫の上の夢を見る。胸さわぎがして、まだ暗いうちに消え残る雪を踏んで紫の上のもとへ向かう。格子をたたく音が女房達の耳に届かぬはずはないのだが、格子は開かない。

不惑にして二人の女性の間に立たされ、閉め出しをくって、こごえる源氏の心中を象徴するように、水っぽい沫雪が降る。長いこと待たされてやっと中に入ることができたが、今度は紫の上の機嫌を取ることに心を砕く。寝殿へは沫雪のせいで伺えないという歌を、梅の枝に結びつけて使いの者に持たせた。

雪の中でもすでに軒端の紅梅は花を咲かせ、鶯が初々しく鳴いている。それを眺めながら洩らした源氏の言葉は、飽くことを知らぬその女性観を聞くようで興味深い。

「花というものはこの紅梅くらい匂ってほしいものだ。桜の花にこの匂いを移せたら理想的で、ほかの花に心が移ることはなくなるだろう。紅梅も盛りが過ぎないうちだから目が止まるのだろうか。桜の花ざかりに比べてみたいな」。

花ならば桜の花のように美しいと喩えられていた紫の上は、この言葉をどのように受け止めたであろうか。

深山の桜——走り出てきた美少女

若紫の登場は、まことにのどかで愛らしく鮮やかだ。十《とお》ばかりのこの少女は、白い衣に山吹襲《がさね》の着なれた上着姿で、いとも無邪気に走り出て来た。小柴垣のもとで光源氏が垣間見しているとも知らずに。

あまた見えつる子どもに、似るべうもあらず、いみじく、おひさき見えて、美しげなるかたちなり。髪は、扇をひろげたるやうに、ゆら〳〵として、顔は、いと赤くすりなして立てり。

「何事ぞや。童べと、はらだち給へるか」

とて、尼君の、見上げたるに、すこし、おぼえたる所あれば、「子なめり」と、見給ふ。

「雀の子を、犬君《いぬき》が逃がしつる、伏籠《ふせご》の中《うち》に、籠めたりつるものを」

とて、「いと口惜し」と思へり。

これが源氏がはじめて目にした若紫の姿である。扇を広げたように豊かな髪をゆらゆらさせて、涙をこすって顔をまっ赤にして立っている少女は、ほかの子供たちとは似ても似つかず、生い先が思いやられるほどの際立った器量だ。子供たちとけんかでもしたの、と問う尼君に、雀の子を犬君が逃がしちゃったの、伏籠の中に入れといたのに、と、残念そうに言う。そんな孫娘を尼君は、いつまでも幼いことよ、と嘆いている。尼君は病気で、明日をも知れぬ状態である。もし自分の身に何かあれば、娘の忘れ形見であるこの子はいったいどうなることか、と気がかりでならないのだ。

つらつき、いとらうたげにて、眉のわたり、うちけぶり、いはけなくかいやりたる額つき、髪ざし、いみじう美し。「ねびゆかむさま、ゆかしき人かな」と、目とまり給ふ。「さるは、かぎりなう、心を尽くし聞ゆる人に、いとよう似たてまつれるが、まもらるゝ、なりけり」と、おもふにも、涙ぞ落つる。

紫式部の筆は具体的だ。顔だちはとてもあどけなく、眉のあたりがぼうっとしており、子供っぽく掻き上げた額ぎわや髪の具合がたいそう可愛い。成長してゆく様子を見たい少女だなあと目が止まる。それは、限りなく心を尽して慕い申しあげる人——藤壺に、とても似ているからだ。それ故に目も心も吸いよせられるのだと気づいて、源氏は涙をこぼしてこの美少女との出会いに感動している。

春の姫君と呼ぶにふさわしい若紫との出会いは、「三月《やよひ》のつごもりなれば、京の花ざかりは、みな過ぎにけり」という時分であった。わらわ病《やみ》というやっかいな病気にかかった光源氏は、効験あらたかな行者に祈祷をしてもらうため、北山にやって来た。山の桜はまだ盛りで、霞のたたずまいも都で見慣れているのとは違った趣がある。まるで絵のような所だね、と源氏は山里の景に見とれている。

「日も、いと長きに」することもない源氏は「夕暮のいたう霞みたるに紛れて」小柴垣のもとに立って心惹かれる家を例によって覗き見した。そこへ冒頭の美少女の出現である。目が離せないでいる源氏の前で、尼君は孫娘の将来を心配して歌を詠む。

おひ立たむありかも知らぬ若草をおくらす露ぞ消えむそらなき

将来どこにどう暮らすかもわからない若草をあとに残すことを思うと、露の命の私は死んでも死に切れない、という歌を聞いて、この若草はいったいどういう娘なのだろうと源氏は気になって仕方がない。

その夜、尼君の兄にあたる僧都から聞き出したところによると、あの少女は兵部卿の宮の娘であるという。ということは源氏が思いつめ、かた時も忘れない藤壺の姪にあたる。それであの方によく似ているのだと知った源氏は、その場で若紫の後見人になることを申し出るが、十八歳の源氏に十歳の娘を預けるとはどういうことなのか、僧都にも尼君にもはかりかね、体よく断わられてしまう。病にあらたな恋が重なって、なやましい春の夜ではある。

その翌朝。

明け行く空は、いといたう霞みて、山の鳥ども、そこはかとなくさへづりあひたり。名も知らぬ木草の花ども、色々に散りまじり、「錦をしける」と見ゆるに、鹿のた、ずみありくも、めづらしく見給ふに、なやましさも紛れはてぬ。

声にして読んでみると、北山の春の自然に源氏の身も心も癒されてゆくのがわかるようだ。霞にうるおう木立、囀りあう山鳥の声、散りまじる木の花、草々の花、春鹿の初々しい歩み——この春の山里に、また、美しい少女に心を残して、源氏は都へと帰って行く。

都に戻ってからも源氏の思いは変わらない。この間、若紫の保護者たちへ送った歌を見てみよう。

初草の若葉の上を見つるより旅寝の袖も露ぞかはかね

夕まぐれほのかに花の色を見て今朝はかすみの立ちぞわづらふ

おもかげは身をも離れず山ざくら心のかぎりとめて来《こ》しかど
手に摘みていつしかも見むむらさきの根にかよひける野辺の若草

これらの歌の中で、源氏の心に棲みついた美少女は「初草」や「花」や「山ざくら」「若草」に喩えられている。みな春の言葉である。特に四首目は、紫草の根に連なっている、つまり藤壺にゆかりのある野辺の若草を、早く手に摘んでみたいものだという思いを述べたもので「若紫」の巻の名の所以ともなっている。初草のように初々しく、桜の花のように美しい少女――若紫はその登場の時から、春の姫君として性格づけられていたと言えよう。

しかしながら、源氏が若紫を手に入れるまでには、今しばらくの曲折があった。

花の宴——華やぎと翳りと

桜の花を愛《め》で、花のもとで宴を催す日本人のならわしは、平安時代に定着したものだと言われている。現在一般的な染井吉野ではなく、山桜である。

源氏物語の巻名ともなっている花宴《はなのえん》は、源氏二十歳《はたち》の年、宮中の紫宸殿《ししんでん》で行われた。如月《きさらぎ》二十日過ぎというから、陽暦にすると三月末から四月の初めの頃、日はよく晴れて、空の気色も鳥の声も心地よい一日であった。

人々はまず漢詩を作った。帝にいただいた一字で韻を踏むという約束で、その場で詠ずるのである。源氏が賜った字は「春」であった。

夕日が傾く頃、舞楽がはじまる。これも季節にふさわしく「春鶯囀《しゅんおうてん》」。舞を是非にと所望する皇太子から桜の枝の挿頭《かざし》を渡された源氏は、辞退しかねてほんのひとさし舞う。その素晴しさに人々は涙を落したと言うのだから、夕桜のもとの源氏の舞姿は、いかばかり美しかったことだろう。

ライバルの頭の中将は帝の指名で「柳花苑」という舞をたっぷり舞った。こんなところにも季節を大切にするはからいが見て取れよう。

御簾《みす》をへだてて見つめる藤壺は、前年に皇子――実は源氏の子――を生んだばかり。その秘密は固く守られているが、心中は恐れと苦しみに満ちている。もしも特別の関係がなかったら、心おきなくこの美しい花を見ることができようにと嘆く藤壺だったが、源氏にしてみても思いは同じだっただろう。

詩才に恵まれ、人々に愛され、舞姿の佳き青年が、花盛りの桜のもとでもてはやされている。それだけの絵物語であったら、私たちはこの物語にこれほど心惹《ひ》かれることはなかっただろう。この若者の心のうちに秘められた恋心と、罪の意識と、最愛の人を手に入れられないかなしみと、神への恐れ。そうした翳《かげ》りを抱いた華やぎであるからこそ、この日の源氏は美しいのだ。それは咲き満ちた桜の花に、かなしみを感じるのとどこか似ている。

夕桜から夜桜へ、花はいよいよ趣を深めてゆく。人々は盃を重ね、舞い乱れ、宴は夜が更けるまで続いた。花に酔った源氏は、その夜、忘れ難い体験をすることになる。

朧月夜——世の中のあやまちは

花の宴が果てた後も御所を立ち去りがたく思った源氏は、酔いにまかせて藤壺のあたりを忍び歩く。折しも月が明るくさし出て、夜桜はいよいよ妖しい光を放つ。

源氏の胸の内にはある期待があったのだが、いとしい人がいるはずの局《つぼね》は、固く扉が閉ざされていた。ため息をつきながらも、このまま帰る気にはなれない。ふと見ると弘徽殿《こきでん》の細殿《ほそどの》に開いている戸口がある。あたりに人の気配はない。

「男女のあやまちは、こうして起るものなのだな」

という源氏の思いは、夜ふけの桜のなやましさに呼び覚まされたものと言えよう。覗いてみると中はすでに寝静まっている様子。

そこへ、とても若く美しい声で
「朧月夜《おぼろづきよ》に似るものぞなき」

と口ずさみつつ、こちらへ歩いて来る女がいるではないか。この桜の宵を、同じように寝惜しんでいるひとがいたのだ！


照りもせず曇りもはてぬ春の夜の朧月夜に似るものぞなき

こんな歌を口ずさんでいるのも心憎い。うれしさを抑えきれない源氏は、とっさに
「今宵のすばらしさを知っているあなたは、私とおぼろげならぬ縁《えにし》で結ばれているのですよ」

と詠みかけて、さっと袖を捉え、そっと抱きおろして戸を閉めてしまった。

びっくりした女はわななきながら
「ここに人が」

と声を上げたが、それに応じた源氏の台詞がまた心憎い。

「私は皆に許されているから、人を呼んでもちっともかまわない」。

二十歳《はたち》の源氏は、誰からも愛されている自分を十分に知っていたのだ。

あわただしく契りを結んだ相手の名を聞き出せぬまま、朝が来てしまった。別れぎわに扇だけ取りかえて来たものの、あのすてきな人はいったい誰だったのだろう。弘徽殿の女御《にょうご》の妹たちの誰かに違いないが、名前がわからなくては手紙も出せない。何とかしてつきとめたいものだと、証《あかし》の扇をうち返しつつ眺めている。それは桜の三重がさねの模様に霞んだ月が描かれ、さらに水に映してある趣向のものであった。

朧月夜の君と呼ばれるこの女性の声を、源氏が再び聞くことができたのは、桜の花も散り、藤の花が盛りになる頃だった。

藤の花——宴で目立つ秘訣

あの朧月夜の君の正体をたしかめたいと思っていた源氏のもとに、右大臣邸の藤の花の宴のお誘いがあった。源氏の若き日の正妻、葵の上は左大臣の娘であったから、右大臣邸はいわば政敵の家。でもあの朧夜の姫君は、どうやらそこの家の娘達の一人であるようだ。

行こうか行くまいか決めかねていると、右大臣は息子をお迎えとしてよこして来た。

我が宿の花しなべての色ならば何かはさらに君を待たまし

わが宿の藤の花が平凡なものだったら、どうして殊更あなたをご招待するでしょうか、とは自信に満ちたメッセージである。

父の帝に報告すると、帝は笑って、わざわざ迎えに来たのだから行っておいでとおっしゃる。

それを受けて源氏は、ここぞとばかりおめかしして、すっかり日が暮れた頃、人々に待ち遠しい思いをさせて、ようやく到着した。昔も今も大勢のパーティーで目立ちたいと思ったら、遅れて行くのが一番効果的である。

桜襲《がさね》の舶来の透かし模様の薄物に、葡萄《えび》染の下襲の裾を長々と引いて登場した光源氏の姿は、宝塚のフィナーレで最後におもむろに大階段を降りて来るスターに限りなく似ている。

その夜、源氏は酔ったふりをして女君達の席に近づき、夢にも忘れぬ朧月夜の声を再び聞くことができたのである。

これと同じような状況をずっと後になってもう一度見ることができる。長男の夕霧が、源氏のライバル、内大臣邸の藤花の宴に招かれた日のことである。この時も内大臣は息子をわざわざ迎えにさし向けた。

我が宿の藤の色こきたそがれにたづねやは来《こ》ぬ春の名残りを

誘いの歌までよく似ている。

この歌を見た源氏は、内大臣の娘を夕霧に托したい気持を汲み取って、もっとおめかしせよと助言する。

自分の着物の格別上等なものを選び、下着までもとり揃えてやった。夕霧は支度にたっぷり時間をかけて、夕暮も過ぎ、あちらが気を揉む頃にやっと到着した。

効果てきめん、多くの若者の中で立派に目立った夕霧は、長年婿として認めてくれなかった内大臣の気難しい心をほぐした。

むらさきにかごとはかけん藤の花まつより過ぎてうれたけれども

紫の色濃く見事に長い藤の花房にことよせて、内大臣は娘の雲井《くもい》の雁《かり》との仲を許し、その夜二人は正式に結ばれたのであった。

霞——源氏の旅立ちと芭蕉の旅立ち

世の中の流れが変わった上に、朧月夜との密通が発覚し、都に住みにくくなった源氏は、流罪の噂などが本当にならないうちに、自ら須磨の地に退居することを決意する。離京は「三月廿日あまりのほど」であった。それに先だって、親しい人々との別れが描かれている。

明けぬれば、夜ふかく出で給ふに、有明の月いとをかし。花の木ども、やう〳〵盛りすぎて、わづかなる木陰のいとしろき庭に、うすく霧渡りたる、そこはかとなく霞みあひて、秋のあはれに、多くたちまちされり。隅の勾欄におしかゝりて、とばかりながめ給ふ。

これは左大臣邸における別れの翌日の描写である。世を忍ぶ身ゆえに、夜が明けてしまっては不都合と、まだ夜深いうちにお帰りになる。有明の月の光のもと、盛りを過ぎた桜が散り敷いて、霞んでいる庭の風情は、秋の夜のあわれにもはるかにまさっている。源氏は勾欄に倚って眺めつつ別れの情に浸っている。名残を惜しむ人々が覗き見た源氏の後ろ姿は、「入りがたの月いと明きに、いとゞ、なまめかしう、清らにて、物おぼいたるさま、虎・おほかみだに泣きぬべし」と讃えられている。

故桐壺院の御陵に別れを告げた日は、「御共に、たゞ五六人ばかり、しも人、むつましき限りして」といった具合で、華やかなりし頃の源氏から考えられないような淋しさである。東宮（実は源氏の息子）に対しては、いよいよ都を離れるという日に、

いつか又春のみやこの花を見む時うしなへる山がつにして

という歌を、「桜の、散り透きたる枝に」結びつけてお送りした。入道の宮（藤壺）は勿論のこと、花散里、朧月夜の君、伊勢の六条御息所といった方々とも別れを惜しみ、あるいは別れの手紙を送り、有明の月影のもとで見送る紫の上に心を残しつつ、夜の明けぬうちに源氏は旅立った。

道すがら、おも影につとそひて、胸も塞がりながら、御舟に乗り給ひぬ。日長きころなれば、追風さへそひて、まだ申の刻ばかりに、かの浦に着き給ひぬ。かりそめの道にても、かゝる旅をならひ給はぬ心地に、心ぼそさも、をかしさも、めづらかなり。〈略〉うち返り見給へるに、来しかたの山は霞み、はるかにて、まことに、「三千里の外《ほか》」の心ちするに、櫂のしづくも、たへがたし。

日永の頃であるのに加えて追い風に乗って、まだ申の刻（夕方四時頃）には早くも須磨に着

いた。たったこれだけの距離なのに、旅慣れない源氏には心細さも興味も初めての体験である。まさに白楽天の詩に言う「三千里の外《ほか》」といった思いがして、櫂の雫のように落ちる涙もこらえられない。

さて、ここまで読み進んで来て、この須磨のくだりに何か覚えがあると思われた読者も多いのではないだろうか。「源氏物語」は初めての読者でも、俳句に興味のある人には覚えのある言葉が数々出て来た。

三月《やよい》二十日過ぎの出発、有明の月、名残の花、舟の旅、三千里の思い、離別の涙……そう、「奥の細道」の旅立ちの一節は、「源氏物語」を多分に下敷としていると思われるのだ。改めて読み返してみよう。

弥生も末の七日、明ぼのゝ空朧々として、月は有明にて光おさまれる物から、不二の峰幽かにみえて、上野・谷中の花の梢、又いつかはと心ぼそし。むつましきかぎりは宵よりつどひて、舟に乗りて送る。千じゆと云ふ所にて船をあがれば、前途三千里のおもひ胸にふさがりて、幻のちまたに離別の泪をそゝぐ。

行春や鳥啼き魚の目は泪

是を矢立の初めとして、行く道なをすゝまず。人々は途中に立ちならびて、後かげのみゆるまではと見送るなるべし。

芭蕉が奥の細道の旅に出たのは、元禄二年の三月二十七日のことだった。この時期の旅立ちに、芭蕉は源氏の須磨への旅立ちを思い起していたものだろう。「月は有明にて光おさまれる物から」という一節は、そのまま「源氏物語」帚木の巻の、空蟬との後朝《きぬぎぬ》の別れの場面の言葉である。

「月は有明にて光をさまれるものから、影さやかに見えて、中〳〵をかしき曙なり。何心なき空の気色《けしき》も、たゞ見る人から、艶にも凄くも見ゆるなりけり」という帚木の一節を、芭蕉は愛読し暗誦していたに違いない。何故ならこのくだりは、十七歳の源氏が、受領階級の人妻との初めての恋に心を震わせ、無心の自然も、見る者の心のありようによって艶を増したり、ぞっとするほど恐ろしくもなったりするのだと知った、記念すべき朝の詠嘆であるからだ。

それ自体は何心もない空のけしき、自然界の万象も、それを見る人間の喜びや悲しみによって、印象深く、様々に見えて来るのだという発見は、恋や人生を知り初めた青年期の大きな感慨であり、詩ごころの目覚めでもある。人は今まで無心に見えていた空のけしきにあわれを感じたり、ぞっとするものを覚えたりした時、まさに「春秋を知る」のだ。人生の感慨と、自然界の万象、四季の風物とが密接に結びつき響き合った時、自然や風景は奥行きを持ち始める。

光源氏の自然観の目覚め、詩心開眼の感動がこめられたこの一節に、芭蕉が共鳴しないはずがない。句ごころの源も、まさにここにあるからだ。芭蕉の心の内にくり返されていた一節は、やがて血肉となり、旅立ちの高揚した心にわが言葉のごとく浮かび上がって来たものだろう。「月は有明にて光おさまれるものから、影さやかに見えて、中〱をかしき曙なり」と、そのまま源氏の一節が底に流れてゆくようだ。

「奥の細道」においては「不二の峰」「上野・谷中の花の梢」と、当然のことながら江戸から望める峰と地名が記されているが、かすかに見えた不二の峰には、須磨の巻の「来しかたの山は霞み」および「ふる里を峰のかすみはへだつれど……」と歌った源氏の歌が投影していよう。「上野・谷中の花の梢」に至っては、芭蕉の胸に流れていた須磨の巻の旅立ちのくだりが、大いに影響を与えていると言えよう。陰暦の元禄二年は正月が閏月で二度あった関係で、三月二十七日は陽暦五月半ばにあたる。花の名所の上野・谷中と言えどもすでに花は散り尽し、もはや葉桜の頃であったろう、とは、従来指摘されている通りである。それなのに「上野・谷中の花の梢、又いつかはと心ぼそし」と、芭蕉が記したのは、弥生の末に都を離れた光源氏の思いに、限りなく寄り添っていたからではないだろうか。いつまた都に戻って来るだろうか、という思いが芭蕉にもあった。源氏が東宮に残した歌、「いつか又春のみやこの花を見む……」に類えて、江戸の都の花への思いを述べたのではなかったか。

「心ぼそし」「むつましきかぎり」「舟に乗り」「三千里」「胸にふさがり」「泪」……「源氏物語」に見られる言葉の数々が、「奥の細道」の旅立ちには鏤められている。

また、「行春や」の句に見られる鳥や魚も別れの情を知るかのようだという発想は、源氏との別れを惜しむのは人間だけでなく「虎・おほかみだに泣きぬべし」とあったことを思い出させる。虎・狼は誇張表現にすぎないが、芭蕉の工夫は、春に鳥が囀るというごく自然な現象に、別れを惜しむ泣き声を聞き、常に濡れている魚の目という当然のありように、惜別の泪を見て取った点にある。まさに、それ自体は何心もない鳥の声も魚の目も、見聞きする人間の心の状態によって、嘆いているようにも聞え、泪で濡れているようにも見えるのだ。芭蕉の心に「源氏物語」が強く意識されていたであろうことは、こうしたところからも見て取ることができる。

さらに、「後かげのみゆるまではと見送る」人々の上にも「源氏物語」の面影を見ることができよう。左大臣家を辞した源氏の姿を人々はいつまでも見送り、お帰りになった後までも不吉なまでに泣き合っていた。その思いで読み返してみると、表面的には女性の影や艶なる気配など全くないように読める「奥の細道」の旅立ちに、あるいは女性との別れの涙も交じっていたかと思われて来るから不思議だ。

光源氏の須磨下向は、日本に古くからある貴種流離譚のひとつと考えられている。折口信夫の命名による貴種流離譚とは、神の子あるいは尊い生まれの貴人が、何かの罪によって鄙の地を流離し、辛い体験の後に幸福を得たり神に転生したりする伝承や物語の共通した主題である。そのことと考え合わせると、「奥の細道」の旅の根底にも、俳諧の貴種としての芭蕉の自負があったかも知れない。流離は即ち漂泊である。光源氏が都に返り咲いたように、芭蕉は漂泊の詩人として永遠の命を得、今も生き続けている。

春の闇――夜居の僧の告白

その年は世の中が騒がしく、「天つ空にも、例に違《たが》へる。月・日・星の光みえ、雲のたゝずまひあり」と、自然界にも不気味な現象が見え、何かの前兆ではないかと、人心が落ち着かなかった。月食や日食、あるいは先頃我々も見た獅子座の流星群のようなものが見えた年だったのかも知れない。昔の人々はそこに凶事を感じ取っていたのである。

太政大臣が亡くなったのに続いて、三月には藤壺の宮が「ともし火などの消え入るやうにて、はて給ひぬ」。三十七歳だった。世の中の人々は皆悲しみに沈み、殿上人もすべて黒い喪服に身を包み、「物のはえなき、春の暮なり」と色彩の乏しさで世の悲しみが強調されている。桜の花盛りを目のあたりにしても、過ぎし日の花の宴の折などが思い出されるばかりで、源氏は、古今集の

深草の野べの桜し心あらば今年ばかりは墨染に咲け　上野岑雄《かむつけのみねお》

の歌を独り言のように口ずさみ、念誦堂にこもって一日中泣き暮したのであった。このくだり、「人の、見咎めつべければ」と、挿入句のように記された言葉が重い。源氏の嘆きようは、もし人が見たらいぶかしく思うほどだったのだ。少年の頃からひたすら思い続けた恋人を失って、涙もかれたことだろう。

すべての法事が終った時、夜居の僧としてお仕えしていた老僧が、帝に長年心に秘めていたことを打ちあける。それは藤壺が死ぬまで明かさなかった帝の出生に関る秘事であった。自らの余命を予見した僧都は、昔藤壺から托された御祈祷の詳細を帝に伝え、世の中の不隠も天変も、このせいであると説く。

この場面を押し包んでいる春の闇の深さは、そのまま悩みの深さ、秘密の深さでもある。因果の闇の深さと言えるかも知れない。帝は自分が知るよしもなかった出生以前の秘密に光を当てられて、実の親である光源氏の心の闇の深さを思い知ることになる。

四季の庭——自然のあるがままの姿

光源氏のかねてからの念願だった六条の大邸宅が完成したのは、三十五歳の秋だった。六条御息所の住まいだった屋敷を含む四つの町をひとつにして、四季とりどりの趣を居ながらにして楽しめる庭を造営したのだった。平安京のひとつの町は、一辺が約百二十メートルだから約一万五千平方メートル、その四区画を占めて春夏秋冬の町とし、それぞれにふさわしい女性を住まわせる——女性達との語らいも逢瀬も思いのまま、というわけである。

みなみひんがしは、山たかく、春の花の木、数をつくして植ゑ、池のさま、ゆほびかに、面白くすぐれて、御前ちかき前栽、五葉・紅梅・桜・藤・山吹・岩躑躅などやうの春のもてあそびを、わざとは植ゑて、秋の前栽をば、むら〳〵、ほのかにまぜたり。

東南は源氏が紫の上とともに住む町。春に心を寄せる紫の上の希望を入れて、ここには花咲く草木をことさらに選んで植えた。春先にひらく紅梅から晩春の岩躑躅まで、春のあいだの華やかさが目に見えるようだ。

それに対して秋が好きだと言った秋好む中宮の町は西南に位置する。ここはもともと中宮の母、六条御息所が遺された邸なので、そのまま中宮がお住まいになる。

中宮の御町をば、もとの山に、紅葉、色濃かるべきうゑ木どもを植ゑ、泉の水とほく澄ましやり、水の音まさるべき岩をたてくはへ、瀧おとして、秋の野をはるかに作りたる、そのころにあひて、盛りに咲き乱れたり。嵯峨の大井のわたりの野山、むとくにけおされる秋なり。

もとからある山に紅葉が映える木を増やして、水澄む秋の趣をひきたて、その水音を楽しめるように岩組を工夫したというあたり興味深い。秋の野山をそのまま再現したということだろう。源氏が六条院に移ったのは秋の彼岸の頃だったので、嵯峨の大堰あたりの野山も圧倒されるほどの庭の風情だった。

北のひんがしは、涼しげなる泉ありて、夏のかげによれり。前近き前栽、くれ竹、した風涼しかるべく、木高き森の様なる木ども、木深くおもしろく、山里めきて、卯の花咲くべき垣根、ことさらにし渡して、昔思ゆる花たちばな・撫子・薔薇・くたになどやうの花、くさ〴〵を植ゑて、春秋の木草、その中にうちまぜたり。ひんがし面《おもて》は、わけて、馬場《むまば》の殿《おとゞ》つくり、埒ゆひて、五月の御遊び所にて、水のほとりに、菖蒲植ゑしげらせて、むかひに御廐《みまや》して、世になき上馬《め》どもを、とゝのへ立てさせ給へり。

東北の町は花散里の居場所である。「花散里」は短い巻だった。桐壺帝亡きあと、五月雨の晴れ間に橘の花が散る里を訪れた源氏は、「昔のひとの袖の香ぞする」と歌われた花橘の香の中で、ひっそり暮らす姉妹と思い出を語ったのだった。それは源氏が須磨へ退去する直前のことであり、この巻は源氏の運命が急変する間際の、いわば香り高い間奏曲をなしていた。

恋愛の対象というよりは、心やすらぐ女性として、源氏が長く信頼を寄せた花散里にふさわしい夏の町である。京都の耐え難い暑さをしのぐため、さまざまな工夫がこらされた夏の庭。日射しを遮る木々の茂み、見るからに涼しそうな泉。涼風が目でも楽しめる呉竹の配置。ここに烈しい感情をぶつけることなどない、心やすまる女性を住まわせるとは心憎いはからいだ。

五月の競べ馬ができるほどの馬場まで造らせたとは、さすがに広大な敷地ならではのことである。池田亀鑑氏の試算によれば六条院の面積は大路小路を含んで約一万七千七百七十七坪、約五万九千平方メートルということだ。一万三千平方メートルの後楽園球場がひとつやふたつあっても、更に悠々と暮らせるほどの広さなのだ。

大方の人が心寄せることのない冬の景色にも、源氏は心惹かれていた。雪や霜の季節に見ばえのするように工夫された町には、方々の家移りがすべて終った神無月になって、明石の君がひっそりと移り住んだ。

西の町は、北おもてに築《つ》きわけて、御蔵町《みくち》なり。隔ての垣に、から竹植ゑて、松の木しげく、雪をもてあそばん便りによせたり。冬のはじめの朝霜、むすぶべき菊のまがき、われは顔なる柞原《ははそ》、をさ〳〵名も知らぬ深山木どもの木深きなどを、うつし植ゑたり。

菊の花は秋の庭にも植えられていただろうが、霜の置くよすがとして冬の庭の籬に作られたという点に注目したい。六条院の作庭は、自然のありようをあるがままに取り入れたものであって、盛りの花を盛りの時にだけ愛《め》でる趣向とは違っていたのだ。霜枯れや末枯れの風情をも愛する美意識は、西洋の作庭とはおのずから違って来る。

雑草を嫌って芝生を一面に敷き詰め、きちんと刈り込んだ木々を左右対象に植え渡し、盛りの花を整然と花壇に咲かせる西洋の庭は、いわば人間の支配下に自然を治めたものだ。人工的な庭の象徴は噴水である。六条院の庭には自然界の水をあるがままの形で引き入れ、自然の法則にかなった形で上から下へ滝水を流しているが、人間の力で形を変えられた噴水は、下から上へと水を噴き上げる。

ここには西洋人と日本人の自然観の違いが表れていよう。西洋人は自然を人間の力で克服する対象として向き合い、関って来た。それだけ自然環境が苛酷なものであったと言えるかも知れない。人間が快適に暮らしてゆくためには、自然に立ち向かい、切り開き、戦わなければならなかった。寒気や強風から身を守るために石の壁が必要だった民族と、湿潤な気候と四季の巡りの中で生かされて来た民族とでは、自然観が異なるのは当然だ。

日本人は、どんなに厳しい寒気も、やがては緩ぶことを知っていたし、どんなに暑い年もいつの間にか秋風が吹くようになることを体験していた。冬の最中の小春日を尊び、日中は暑さが衰えない頃でも夜の秋の気配を感じ取るという、こまやかな季節感は、こうした気候風土によって育まれて来たものだ。

移りゆく季節の風情を、自然のありようのままに味わい楽しもうという六条院の作庭は、日本人の自然観と季節感を最も表していると言えよう。それは美意識にもつながることである。西洋の貴族が思うままに贅沢な庭を作るなら、人工的な庭に盛りの花を集めたことだろう。花期を終えた花々は枯れが目立たぬうちに摘み取られ、植えかえられることだろう。衰えは見苦しいものであるから。

巨大な温室の中に真冬でも春の花園を再現させたというオランダの王様の話を聞いたことがあるが、人間の力で自然を支配する花壇のありようは、いかにも西洋的である。花盛りの時を愛で、花期を引きのばし、あるいは時じくの花を咲かせることが最高の贅沢なのである。

それに対して光源氏の贅沢は、四季折々の風情を、自然のありようのままに身辺に集めることであった。冬の季節に春の世界を造り出すのではなく、冬には冬の霜枯れの菊に、亡びの美を見出すという美意識である。前栽《せんざい》と呼ばれる植込みは、整然とした花壇ではなく、野に咲き乱れる花や風に戦ぐ草などを、自然界にある形をそこなわず、そのまま庭に再現したものであった。そこに蝶が寄って来たり、螢が飛びちがったり、虫が集《すだ》くありようそのものを楽しんだのである。

さて、落成なった六条院の季節は秋。秋好む中宮の庭の紅葉はえも言われず美しく色づいている。風の吹いたある夕暮、中宮のもとから紫の上の住む春の町へお使いが赴いた。箱の蓋に「色々の花紅葉をこきまぜて」、捧げ持って来たのは濃紫の袙《あこめ》に紫苑色の織物を重ね、赤朽葉の羅の汗衫《かざみ》を着た大柄な童女。こんな歌が添えられていた。

心から春待つ園はわが宿の紅葉を風のつてにだに見よ

風に吹き寄せられた紅葉を、春の園にお裾分けしたというわけだ。紫の上は早速その蓋に苔を敷き、五葉の松を置き、こう返した。

風にちるもみぢはかるし春の色を岩根の松にかけてこそ見め

「色かへぬ松」という言葉も思い出される。優雅な春秋の争いではある。傍らで見ていた源氏は、この返事は春の花盛りにさしあげなさい、とアドバイスする。

「秋の盛りの今、紅葉をけなしては、立田姫がどう思うでしょうか。今日のところは譲って、花のかげに隠れて答えてこそ、強い言葉も出て来るでしょう」

と、美しい女性達の応酬を楽しんで眺めている。

胡蝶――我が世の春

そして半年、いよいよ紫の上の季節がやって来た。鳥が囀り、桜が咲き誇り、藤の花も紫濃く咲きそめ、山吹の花はこぼれんばかりに水に映えている。小枝をくわえて飛びかう鳥たちは巣づくりの最中だ。池に龍頭鷁首《りゅうとうげきしゅ》の舟を浮かべ、舟あそびを楽しむ人々に、春の日はいつまでも暮れない。

春の日のうらゝにさして行く舟は棹の雫《しづく》も花ぞ散りける

春の園に招かれた若い女房たちが詠んだこの歌は、今日私たちが口ずさむ「花」の歌詞に受け継がれている。京の六条院の池水が、千年の時空を越えて、春のうららの隅田川に流れているかのようだ。

花の散る水辺の情趣は、昔も今も人々に時の経つのを忘れさせる。日が暮れると花篝《はなかがり》が焚かれ、管弦の催しは夜を徹して行われた。公達《きんだち》の歌う「喜春楽《きしゅんらく》」「青柳」といった歌に、源氏も時には声を添えて興じるのであった。

翌日、秋好む中宮主催の法会《ほうえ》に、紫の上は供養の花を贈った。鳥の衣裳をつけた童女四人は銀の瓶《かめ》に桜の枝を、蝶の衣裳をまとった四人は金の瓶に山吹の花を、それぞれかかえて舟に乗る。舟が秋の御殿にさしかかると、風が吹いて瓶の桜が少し散りかかる。霞の中から現れたあでやかないでたちに、秋の御殿の人々は目を奪われたことだろう。

この日紫の上が贈った歌こそ、あの紅葉の歌のお返しだった。


花園の胡蝶をさへや下草に秋まつ虫はうとく見るらん

折から鶯がうららかに鳴き、鳥たちが囀り、楽曲の演奏も終りに近づき、序破急の「急」に至った。春を惜しむ思いの高まりを象徴した音と言えよう。山吹の咲きこぼれる花のかげに蝶も舞っている。

「胡蝶」の巻の前半ほど華やかで春の情緒に満ち、うららかで悩みないくだりはない。我が世の春を謳歌するように源氏はこうした遊びを六条院でくり広げ、女君達も皆機嫌よく手紙のやりとりなどして、おつきの人々も「おのづから、物思ひなき心地してなむ」暮らしていた。

猫の恋——悲劇のはじまり

その日柏木は、六条院の庭で蹴鞠《けまり》を楽しんでいた。うららかな空には風もなく、芽吹きそめた木立に霞がたちこめ、ようやく日が暮れようとする時刻だった。満開をすぎた桜の花も目に入らぬくらい、若者たちは鞠を追うことに熱中している。そんな様子を源氏は高欄に出て好もしく眺めている。春の日永をもて余していたのだ。

落花が雪のように降りかかるのを見て、源氏の息子の夕霧が蹴鞠の輪から外れ、一枝折り取って階段に腰をかけた。そこへ柏木もやって来た。

「花がしきりに散るね。春風は桜の木をよけて吹けばいいのに」

などと言いながら。スポーツに興じていても、花の散るのを惜しむ心優しい二人である。王朝の貴公子達の優雅で繊細な美意識と嗜みを見る思いがするくだりだ。柏木は二十五、六歳、夕霧は二十歳。父親の世代より更に洗練され、恵まれ、ひよわになっていた世代とも言えよう。

二人がいる場所からは、女三の宮の部屋が近い。勿論、御簾《みす》でガードしてあって中は窺い知れないが。

女三の宮の求婚者の一人であった柏木は、源氏の正妻におさまった今もあきらめきれずにいる。紫の上ほどには大切にされていない噂を聞くにつけ、自分ならもっと大事にするのにと思ってしまう。父親ほど年が離れている源氏より、自分の方がつり合っているのに、とも思う。だから、御簾の向こうが気になって仕方がない。

その時、一匹の可愛い唐猫《からねこ》が御簾の下から飛び出した。猫も恋の季節を迎えて大きな猫に追いかけられたのだった。その拍子に猫につけてあった綱がひっかかって、御簾がまくれ上がった。すぐこそに立っているのは、まぎれもない女三の宮ではないか。蹴鞠見物に気を取られて、おつきの人々もしばらく中が丸見えであることに気づかない。

恋しい人の姿をまともに見てしまった柏木は、胸がふさがれ、その後の宴会でも物が喉を通らず、花を見つめてもの思いにふけるばかり。愁い顔の従兄を心配した夕霧は、帰りの車に一緒に乗って、

「春を惜しみがてら、またスポーツをしに来ましょう」

と誘うが、柏木の胸のうちはいとしい人の面影でいっぱいだ。

せめてもの身代りに、あの唐猫を手に入れて、日夜愛撫する柏木であった。それだけで満足していたならば、悲劇は起らなかったのだが……。

形見の花——まろが桜は咲きにけり

源氏と明石の君との間に生まれた明石の姫君が成長して帝に嫁ぎ、第三皇子として生まれたのが匂宮《におうみや》である。明石の姫君は幼い時から紫の上が引き取って育てたので、匂宮は紫の上にとって孫も同然。活発で屈託のない見目《みめ》よき男の子は、紫の上のお気に入りだった。

しかし彼がもの心ついた頃、紫の上は病床にあった。女三の宮が正妻としておさまっている六条院よりは、昔、源氏と睦まじく暮らした二条院の方が心休まるだろうという配慮から、この数年、紫の上は二条院に転地療養している。

いよいよ死期を悟ったある日、紫の上は匂宮を前に座らせて、やさしく言う。

「私がいなくなったら、思い出して下さいますか」。

「とても恋しいでしょう。僕はお父さん、お母さんよりもおばあさまが好きなんですもの」。

今年五つになった匂宮は目をこすって涙を紛らわしている。その愛らしさに紫の上はほほえみながらも涙が落ちる。

「大人になりになったらここに住んで、この紅梅と桜とは、花の折々に心にとどめて大切になさってね。時には仏にもお供え下さい」。

紫の上の言葉にうなずいて、じっと見つめる匂宮。なんでそんなに悲しいことを言われるのだろうと、幼心にも涙がこぼれそうになって、つと立って行ってしまうのだった。

翌年、女あるじの亡き二条院にも、紅梅は美しく咲き、鶯がはなやかに鳴き出した。涙にく

れる大人たちの中で、

「おばあさまがおっしゃったから」

と、紅梅を特別にお世話する匂宮の姿はいじらしい。

やがて桜が咲き始めた。

「まろが桜は、咲きにけり」。

匂宮のうれしげな声が聞こえるようだ。この花を散らさずにいかに長くもたせるか、幼子は真剣に考える。そうだ、木のまわりに几帳《きちょう》を立てて、帷《とばり》（カーテン）を上げないでおけば、風をよけられる。

我ながらいいことを考えついた、と思っている得意気な顔がとてもかわいいので、涙に明け暮れている源氏も、ついほほえんでしまうのだった。花を愛する匂宮の優しさは、こうして育まれたのである。

落花——花を賭ける姉妹

もともと中国からの舶来の花だった梅とちがって、桜は日本の山野に自生していた。貴族達が自邸の庭に山桜を移し植えるようになったのは、平安時代になってからだという。

宮中の左近の梅が枯れたのを機に、桜に植え替えたのが仁明天皇（八三三〜八五〇）の時と伝えられているから、花の宴も庭の桜を楽しむことも、その頃からはやり始めたものだろう。

玉鬘が嫁いだ家にも、見事な桜の木が植えられていた。二人の姫たちも幼い頃からこの花が好きで、この木は私のものよ、と争ったものだった。

夫の死後、年頃になった娘たちを誰に縁づかせたらよいものか、玉鬘は頭を悩ませている。そんな母親の思いをよそに、姫君たちは今年も美しく咲いた桜の花を愛《め》でながら、碁を打っている。三番勝負で勝った方に桜を譲りましょう、などと興じながら。

夕暮になったので端近に碁盤を持ち出し、御簾は巻き上げてある。深窓のお姫様にしては珍しく無防備なことだ。夕桜を楽しんでいるのだろう。

そこへ求婚者の一人である蔵人《くろうど》の少将が来合わせた。当時の女性は男性に顔を見られぬよう十分に気を配っていたから、姫君たちをこんなに近くで見られるとは、またとないチャンスだ。仏様が姿を現した場面に巡り合ったような心地がして、喜んで扉の陰に身を寄せて覗き見た。

姉は桜の細長に山吹襲《がさね》といった季節にあった色目の衣裳。妹は薄紅梅の色を身につけ、髪もつやつやして柳の糸のようにしなやかだ。そんな二人を取り囲む若い女房たちのくつろいだ姿も、春の夕日に映えてきれいに見える。

桜の木は妹のものになった。その後も姉妹の花の争いは続けられ、風に散る花を惜しんでは歌を詠み、落花を掻き集めては歌を詠み合って過ごすのだった。

桜ゆゑ風に心のさわぐかな思ひぐまなき花と見る〱　（負け方《がた》）

大空の風に散れども桜花おのが物とぞかきつめて見る　（勝ち方）

桜の花の短い盛り、うつろうもののはかなさに、若き姫君たちの美しさが二重映しとなって見えて来るようだ。

筍——無邪気な幼子

女三の宮と柏木のあやまちは、葵祭の準備に女房たちが忙しく、宮のまわりが人少なになった夜に起った。

あの蹴鞠の日から六年も経っているのに、柏木の恋の炎は衰えることなく燃え続けている。ようやくこの春、女三の宮の姉君を娶ったものの、葵祭にかざす諸蔓《もろかずら》（桂と葵）のうち、何故自分は落葉の方を拾ってしまったのだろう、などと詠む始末。この歌から柏木の妻は気の毒なことに「落葉の宮」と呼ばれるようになる。

表面は平穏に流れていた六条院の歳月も、紫の上が発病したころから影がさしはじめる。紫の上の病は、女三の宮を正妻に迎えた頃からの、積りに積ったストレスの結果なので、容易に快癒するものではなかった。

源氏は病人を二条院に移し、つききりで看病している。その夜も女三の宮は六条院の寝殿で一人ぼっちで眠りについていた。

そこへ柏木が忍び込み、ベッドの上から抱き下ろして永年の思いを遂げてしまった。何が何だかわからない女三の宮は、汗が水のように流れ、おびえているばかり。その夜彼女は身ごもってしまう。

決して洩《も》らしてはならぬ秘めごとなのに、二人の間は女三の宮の不注意から、すぐに源氏の知るところとなった。そして生まれたのが薫である。恥じ入った母親は出産後ただちに剃髪してしまい、罪の重さに耐えかねた父親は死ぬ。

そして一年、「横笛」の巻に登場する幼子薫は、昼寝から覚めて這い出して、源氏の袖を引っぱりまつわりついている。白いすべすべした肌は、柳の木を削って作った人形のよう。

そこに盛ってあった筍によちよちと歩み寄り、取り散らかして遊んでいる。生えはじめたばかりの歯に「食ひあてむとて、たかうな（筍）を、つとにぎり持ちて、雫《しずく》もよゝと食ひぬらし給へば……」式部の筆は、可愛い盛りの子供を実に生き生きと描き出している。

思わず「我が子」を抱き寄せる源氏。その胸のうちの苦しみも知らず、子供はにっこり笑って膝から這い降り、いっときもじっとしていない。無邪気に動き回る薫は、自分が罪の子であることなど知る由もない。

祭——都大路の車争い

その日、葵の上は身重の体でもあるし、出かけるつもりなどまったくなかった。葵祭の斎王の御禊の行列に、今年は夫の光源氏も供奉として参加されるとあって、世の中の人々はこぞって見物に出かけ、一条の大路は朝から隙間のないほどの混雑であるという。

「何の縁故もない人々でさえ、妻子を率いて遠国からわざわざ見に来ているというのに、正妻であるお方様が今日の行列をご覧にならないなんて甲斐がない」

と女房達は嘆く。それを耳にした葵の上の母親が、

「今日はご気分もよいようだし、おつきの人々もつまらなそうだし、お出かけなさい」

と勧める。俄かに車を用意し、日が高くなってからお出かけになった。

特別の混雑が予想されていたにも関らず、出かけたのも遅かったのである。見物によい場所など、もう空いているはずがない。それなのに今を時めく光源氏の正妻の威光で、早くから場所を取っていた車の間に、強引に割り込んでしまった。押し退けられた車の中に、源氏の愛人、六条御息所のおしのびの網代車もあった。

この方は亡き東宮（皇太子）との間に一子をもうけたほどの、身分も教養も申し分ない女性。東宮亡きあとは一人娘を育てつつ六条のお屋敷で若き公達のサロンの女主人として、優雅にお暮しだったが、源氏の愛人になってからというもの、この年下の恋人に翻弄されがちで、不如意なことも多い。この度、娘が斎宮になって伊勢に下ることになったのを機会に、自分も同行

して、いつ来るかわからない恋人を待つ暮しに区切りをつけようかと思い乱れている最中であった。そんな心の慰めにもなろうかと、今日は源氏の晴れ姿を陰ながら見ようと、わざわざ車をやつして目立たぬように出かけて来たのだった。

ところが後からやって来た葵の上の車に押しやられたばかりか、微行姿を見破られ、左大臣家の供の者に雑言を浴びせられ、大いにプライドを傷つけられた。やる方なき忿懣と、くやしさと、妬みとみじめさの中で行列を待った御息所は、より多く愛してしまった者の心の弱みと、正妻にはかなわない立場の弱さとを思い知らされる。

「源氏物語」におけるこの葵祭は、このようにのっけから車争いに姿を借りたすさまじい女の争いがくり広げられるが、祭と言えば葵祭を意味するほど、当時から有名な催しであった。その日、髪や冠にさす葵は、仮名書きすると「あふひ」となる。それに「逢ふ日」をかけて、男も女も心待ちにしていた。現代では、五月十五日に行われるが、このころの京都は木々の新緑が一年中で最も美しい季節である。祭の行列に先立って、主役となる斎王のみそぎが行われる。

現在も五月四日、賀茂御祖《みおや》神社（下鴨神社）のみたらしの池において、斎王代以下四十人余りの女性達が、祭の日と同じこしらえをしてこの儀式を行う。葵祭当日の行列とは異なり距離もわずかで、現在ではあまり知る人もないので、これを見るために沿道で車争いがあったなど、想像し難い程度の人出である。
糺《ただす》の森の若葉が出揃い、橋殿の傍らの朴の木が蕾をかかげ、みたらし川の行く手を著莪の花が咲き埋める中、諸鬘をつけた神官の白い衣が風に吹かれる様は、えも言われぬ清々しさだ。昔読んだ「枕草子」の一節が思い出される。

四月、祭の頃いとをかし、上達部・殿上人も、うへのきぬのこきうすきばかりのけぢめにて、白襲《しろがさね》どもおなじさまに、すずしげにをかし。木々の木の葉、まだいとしげうはあらで、わかやかにあをみわたりたるに、霞も霧もへだてぬ空のけしきの、なにとなくすずろにをかしきに、すこしくもりたる夕つかた、よるなど、しのびたる郭公《ほととぎす》の、遠くそらねかとおぼゆばかり、たどたどしきをききつけたらんは、なに心地かせん。（五段）

更衣《ころもがえ》が済んで人々の装いが白く涼しげになり、大路の若葉が柔らかく輝きわたる頃、ほととぎすの声を初めて聞く頃——そうした季節の移り変りの中で、祭の日が近づいて来る。祭を待つ人達と、季節感とが一体であることを示す一文だ。いよいよ祭の日が近づくと、人々は反物を手に忙しそうに行き交い、少女たちは髪を洗って、身ぎれいにして当日を待つ、と、このくだりは続く。

その「枕草子」に、興味深い一文がある。

「よろづのことよりも、わびしげなる車に装束わるくて物見る人、いともどかし」。

つまり、貧相な車に粗末な服装で祭や儀式の見物をする人は実に気に入らない、というのだ。ましてや祭の日などは、皆この日のために人に見てもらおうと思って、車の簾も新しくして出かけるものなのだから、貧弱な車で行くくらいなら、むしろ見に行かないでほしい、と、祭を見る側の心用意にも手厳しい。

これによると、祭の行列を見るための場所取り争いは、当時よくあったことらしく、そんな時、従者同士では埒があかず、あるじ自ら申し入れたりするのも「をかしけれ」と、祭の日の一光景として興じている。さらに、空いた場所もないくらい駐車しているところに、立派な身分の人の車が何台か来て、今まで場所を取っていた多くの車を次々に退けさせて、自分達の車をずらりと停めさせてしまったのは「いとめでたけれ」と、賞讃までしているのである。

そんな場合でも、きらびやかですばらしい車なら、邪険に追っぱらったりしないのだから、見物の車はきれいにしておくのがよいのだ、という発想である。現代人の感覚からすれば、朝早くから場所を取っていた御息所の車を、あとから来た葵の上の車が押し退けるとは何と理不尽な、と思われるが、身分制度が世の中のすべてを支配していた当時は、身分の高いものが威光を示した一光景にすぎなかったのかも知れない。

祭のかへさ、いとをかし。昨日はよろづのうるはしくて、一条の大路の広うきよげなるに、日のかげも暑く、車にさし入りたるもまばゆければ、扇してかくし、ゐなほり、ひさしく待つもくるしく、汗などもあえしを、今日はいととくいそぎいでて、雲林院、知足院などのもとに立てる車ども、葵かづらどももうちなびきて見ゆる。日は出でたれども、空はなほうち曇りたるに、いみじう、いかで聞かむと、目をさまし起きゐて待たるるほととぎすの、あまたさへあるにやと鳴きひびかすは、いみじうめでたしと思ふに、鶯の老いたる声してかれに似せんとをしうち添へたるこそ、にくけれどまたをかしけれ。

（二二一段）

これも「枕草子」の一節だが、祭の頃の季節が実によく描かれている。祭の当日は行列を待つ間も暑くて汗が流れたが、翌日の斎王が還られる行列は、どこかのんびりしていて、郊外では洛中でなかなか聞けないほととぎすがしきりに鳴いている。老鶯の声を、ほととぎすの真似をしているようだと聞きなしているのも面白い。

現代の葵祭の行列は一日だけだが、ここに描かれた「祭のかへさ」の雰囲気は、午後からの行列に見ることができる。午前中、御所を出発した総勢五百数十名の行列は、昼近くなって下鴨神社に到着する。境内において社頭の儀、糺の森では走馬の儀が行われ、午後二時頃再び行列が整えられ、鴨川の岸辺を北上し、上賀茂神社へと向かう。やや緊張して町なかを来た午前中の行列とは異なり、岸辺の木蔭を進む行列は時に間のびし、時に気怠げで、挿頭《かざし》の諸蔓もすっかり萎えて頰に触れているのもある。

自動車道路を一時的に堰きとめただけの道では、さすがにほととぎすの声は聞けないが、葵祭の午後の行列はなかなかいい。人々の表情がよそゆきの顔から、うちとけた表情になるからだろうか。白丁たちが腕まくりをして祭牛を励まし、風流《ふりゅう》傘が川風に打たれつつ御園橋を渡り切ると、祭行列も終りが近い。葵祭ののちは若葉が日に日に濃さを増し、京都盆地にあの暑い日々がやって来る。

髪洗う——千尋の誓い

葵祭の御禊の折の車争いの件は、その日のうちに都じゅうの噂となり、当然源氏の耳にも入って来た。二十六歳の正妻と、二十八歳の愛人の板挟みになった光源氏は若干二十一歳。

祭の当日は、二人の女性からのがれるように、二条院の西の対《たい》へと足が向く。そこには十三歳の若紫が、祭のために着飾って待っていた。

「君は、いざ給へ。もろともに見むよ」。

この時の源氏の言葉には、大人の女たちのおどろおどろしい愛執から救われた思いがほとばしり出ている。

あなたは、さあいらっしゃい。一緒に車に乗って祭を見ようね。そうほほえみかけて若紫の髪を撫でる源氏であった。

祭に備えて洗ったばかりの若紫の髪は、いつもより清らかでふさふさしている。久しく切り揃えていなかったことに気づいて、源氏は暦《こよみ》の博士に今日は髪を切るのによき日かどうかを問い合わせる。

女が髪を長くのばし、先端を切り揃えるしかしなかった時代、黒髪は女の命とされていた。髪を切るにも日を選んでいたのである。

その日、手づから若紫の髪を切り揃えてやった源氏は、仕上げに
「千尋《ちひろ》」

と唱え、髪が長くなるように願い、この髪がのびるあなたの行く末は、私だけがお世話しようと誓う。

愛する少女の髪を切ってやり、自分の理想の女性に育てあげようという、源氏の男としての夢が窺える場面でもある。

長く重い黒髪は暑苦しかったに違いない。夏は常よりも頻繁に髪を洗っていたことだろう。毎日シャンプーする現代でも、髪を洗うという行為が夏の季語として残っているのは、こうした伝統的なならわしの故だ。

後年、紫の上が病に伏すようになった夏も、暑苦しさに耐えかねて髪を洗った。いったんは危篤にまで陥った紫の上の顔色は、すき透るように白く、虫のぬけがらのように頼りなく見えるが、黒髪だけは衰えを見せず、一すじの癖も乱れもない。

横になったまま洗い髪を乾かしているところへ、源氏が来合わせる。その洗い髪をいとしむ源氏の心に、かつての少女の髪の艶やかな感触が甦ったことだろう。

五月雨——雨夜の品定め

日本列島が雨雲の幕でおおわれる季節がやって来た。梅雨どきはうっとうしいものだが、田植のためにはこの雨が不可欠だ。

「五月《さつき》」「早苗《さなえ》」「早乙女《さおとめ》」「五月雨《さみだれ》」……「さ」という言葉は田の神を意味したものだという。その田の神を山から迎える五月雨の頃は、平安時代の人々にとって物忌みの季節でもあった。帝をはじめ人間界の男も女も、身を謹しまねばならなかったので、恋人同士は降りつづく雨を眺めつつ、逢えぬ人を思って暮らしていたのだ。

十七歳の光源氏も、連日の雨に退屈しきっていた。そこへやって来たのがライバルの頭の中将。ラブレターを見せなどしているところへ、やはり時間をもてあましていた左馬《さま》の頭《かみ》と藤式《とうしき》部《ぶ》の丞《じょう》が加わった。今も昔も若い男性が集れば、当然話題は異性の話。

「非のうちどころのない女性はいないものだね。何のとりえもないつまらない女と、すばらしく優れた女とは同じくらい少ないものだよ」

と頭の中将が言うと、左馬の頭が、

「羽振りのいい家の娘は家柄がよくないし、落ちぶれた貴族は暮しぶりが不如意だ。最近は受領階級（地方長官）あたりが豊かだから、娘にも教養があって素敵な人が多いよ」

と、幅広い経験談を披露する。

「かと思えば、世間から忘れられた草深い家に、思いがけず愛らしい女がいたりする」

という話には源氏も興味津々。式部の丞は、以前つき合っていた賢女の話をユーモラスに語る。嫉妬深い女、気が弱く頼りない女、派手で浮気な女たちに、男どもは振りまわされているのである。

「今はもう家柄、顔かたちは問うまい。おっとりした素直な娘を躾《しつ》けなおして妻にするのが理想的だよ。それに教養と心意気があったらありがたい。さらに操が正しく、やきもちをやかない性質ならなおいいね」。

どうやらこんな所に落ちついたらしい。雨音の中で空も白みはじめて来た。これが「雨夜の品定め」と呼ばれるくだりで、源氏のその後の女性遍歴に大いに影響を与えることになる。

しかし、この時の源氏はほとんど口をはさまず、聞き役に徹している。先輩達の話の興味深いところは心のうちにたたみ込み、都合の悪いところでは居眠りをしたりして。

それにしても、理想の女性はいないものだ。

　君は、人ひとりの御有様を、心のうちに思ひ続け給ふ。

この一行は重い。変わることなく、たった一人の藤壺を心のうち深く思い続けているのだ。

空蟬——逃げおおす女

さて、翌日はうって変わって上天気。長雨が止むと京都は暑い。宮中を退出したものの、蒸し暑さに閉口している源氏に、侍女が今日は方違《かたたが》えをしなければならないことを告げる。当時の人々はさまざまな禁忌に日常生活が縛られていて、方角が悪いとわざわざ回り道をして帰宅することなどは常のことであった。この暑いのにうんざりだなァと思う源氏に、一人が耳寄りの情報をもたらす。紀伊の守《かみ》の家では最近中川の水を邸内に引き入れて涼しく暮らしているそうだ。源氏の心が動いた。この方違えが、思わぬ発展をすることになる。

水の心ばへなど、さる方にをかしくしなしたり。ゐ中家だつ柴垣して、前栽に、心とめて植ゑたり。風涼しくて、そこはかとなき虫の声〴〵聞こえ、螢、しげく飛びまがひて、をかしき程なり。人々、渡殿より出でたる泉にのぞきゐて、酒飲む。

紀伊の守の庭には小流れを造って風情がある。田舎家めいた柴垣をめぐらせ、植込みなども工夫している。風が涼しくて、螢が多く飛びちがい、趣がある。人々が酒を飲んでいる水上の建物は、さしずめ泉殿といったところか。

堪えがたい京の暑さをしのぐために、昔から人々は色々な工夫をしていたことがよくわかるくだりだ。水辺の涼風を邸内に呼び込もうとしたのが遣水《やりみず》であり、その浅いせせらぎを見ることでも、人々は涼感を楽しんだ。前栽に心をとめたというのも、先ず暑苦しくないよう、わずかな風にも戦ぐような草木が選ばれていたに違いない。田舎家めいた柴垣には螢火が宿ったことだろう。

寝殿造りの建物には、東の廊の南端から泉水の上に突き出た「泉殿」という、いわゆる水亭が設けられていた。そこで貴族たちは涼んだり、観月を催したりしたものだ。左右対称をなすように西の廊の端にもそんな設《しつら》えがあり、そちらは「釣殿」と呼んでいた。水の上で涼むという工夫は、現在でも京都の「川床《ゆか》」に見ることができる。

昨夜、左馬の頭が中流階級のことを言っていたのはこういう家か、と、源氏は好奇心を抑えられない。女達がいるあたりをそれとなく歩く源氏の耳に、自分の噂が聞えて来る。この折の源氏の心のうちの呟きに、読者はこの青年が既に大きな秘めごとをかかえていることを知るのだが、そのことで色好みの行動が鈍るということはないらしい。その夜たまたまその屋敷に来合せていた伊予の介《すけ》の若い後妻を強引にくどき落してしまう。

女は、自分が今の身分に定まってしまう前だったなら、源氏との逢瀬はどんなに幸せだったろうに、と歎く。今の我が身を思うと、源氏がどれほど愛の言葉を尽しても、しょせん一時の戯れにすぎないことはわかりきっている。

私とのことはなかったことにして、と言う女の言葉に恨みと未練を残しつつ、源氏は屋敷をあとにする。

月は有明にて、光をさまれる物から、影さやかに見えて、中〳〵をかしき曙なり。

この一文から始まるくだりは、光源氏の恋の春秋の夜明けを告げる絶唱と言えよう。

何心なき空の気色《けしき》も、たゞ見る人から、艶にも、凄くも、見ゆるなりけり。

という詠嘆は、自分をとりまく自然の様相を改めて見直し、見慣れたはずのものが今朝は違って見える感動を表している。

青年光源氏は、この朝、生まれて初めてこれほど美しい空と月を見た思いがしたのだ。初めて知った中流階級の女だったが、身のほどを知っているこの女性は、自分が一時の浮気の対象になるのは目に見えていると、またの逢瀬を求める源氏をかたくなに拒み続ける。後日寝所にまで忍び込んだ源氏の気配を察して、あわやというところで羅《うすもの》の上衣を脱ぎ捨てて、徹底的に逃げおおした。このエピソードから、この女性は「空蝉」と呼ばれることになる。源氏が闇の中で空蝉と思い違いをしたのは、伊予の介の前妻の娘、軒端の荻であった。

「空蝉」の巻の背景の季節はもちろん夏。ここに空蝉と軒端の荻が碁を打っているところを、源氏が覗き見する場面がある。当時の女性達は用心深く顔を隠していたので、「覗き見」や

「垣間見」は男達の常套手段だった。この日も源氏は簾の間にすべり込んで部屋の内を窺う。

暑いので間仕切りの屏風は畳まれ、目隠しの几帳もかかげてあって、奥がすっかり見通せる。柱によりかかった空蟬は紅の濃い単襲《ひとえがさね》を着て、上に何か羽織っている。別段美人ではないが、仕種に注意がゆきとどいていて、たしなみが感じられる。

一方の軒端の荻は、白い羅の単襲に、二藍《ふたあい》染めのころもを無造作にひっかけて、紅の袴の腰紐のところまで胸をはだけ、自堕落な恰好をしている、とある。よほど暑い日だったのだろう。たいそう色白で美しく、まるまると肥え、背も高いらしい。額の形も水ぎわだっており、派手な娘で愛敬もあるが、軽々しい感じで品はない。二人はこうまで源氏に観察されているとはつゆ知らず、まったくくつろいでいるのだ。

それまで源氏と交渉のあった女達は皆上流階級で、とりつくろったよそゆき顔ばかり見せられていたので、この二人が新鮮に映ったのも無理はない。この後、源氏の興味はますます上流以外の女性へと傾いてゆく。

雷――秘事の発覚

父の桐壺院がお隠れになったのは、源氏二十三歳の冬のことだった。未亡人となった藤壺への思いはますます募るばかりだが、以前にも増して厳しく拒まれてしまった。

藤壺には遺された息子を次の帝として育て上げる使命があるからだ。この子が実は源氏との間の子であることが、もしも世間に知れてしまったら、お互いに身の破滅ではないか。

理性ではわかっていても恋情を抑えきれない源氏を怖れ、藤壺は一周忌を終えると突然出家してしまう。

失意の源氏に政治的不遇が追いうちをかける。それまで押され気味だった右大臣側が、帝の外戚として勢力を盛り返し、源氏の後ろ楯だった舅《しゅうと》の左大臣は引退してしまった。

そんな源氏の唯一の楽しみは、あの朧月夜の君との密会だった。彼女は宮仕えしたものの源氏が忘れられず、隙を見つけてはアヴァンチュールを楽しんでいたのだった。

その夏、朧月夜が病気のため里下りしたのを幸い、二人はしめし合わせて夜な夜な逢っていた。いつもは明朗でさばけた女が、病後で少しやつれているのは、男心をそそるものらしい。

それにしても帝にさし上げた女性と忍び逢うために右大臣邸に潜入するのだから、危険この上ない。もっとも、そういう時ほど心が掻き立てられるのが、色好みの源氏らしい点でもあるのだが。

彼女の部屋で過ごしたある夜、雷がひどく鳴って、どしゃぶりの雨になった。明け方から邸内の人々が騒ぎ回って、源氏は出るに出られなくなってしまった。

そこへ右大臣が、娘の様子を見に来た。

「いやあ、ひどい雷だったね。こちらは大丈夫だったかね」

と、いきなり御簾《みす》を上げる父親。まっ赤になってうつ向いている娘。

それを熱がまたぶり返したのかと勘違いして、部屋に入りこんだ右大臣の目にしたものは、着物の裾にからまっている男物の帯。字の書いてある懐紙なども几帳の下に落ちている。

不審に思ってさらに奥を覗いてみると、そこには扇で顔を隠した源氏のしどけない姿――。

この事がもとで源氏は都にいづらくなってしまうのである。

花橘——花散里をたずねて

五月《さつき》待つ花橘《たちばな》の香をかげば昔の人の袖の香ぞする

橘の花の香をかぐと、昔の恋人の袖の香を思い出す——千年以上も昔に詠まれたこの歌が、その季節になると毎年思い出される。作者の名はとうに時代の彼方に忘れ去られ、歌だけが時を超えて私たちの心に訴えかけて来るのは、永遠の心理を詠みあげているからだ。しかもこれほどやさしい言葉で。

人の五感の中でも、嗅覚に訴える記憶というものは鮮やかだから、ある香りが思い出に直結するということは誰にも覚えがある。

橘の花の香りは、それほど強いものではないが、清らかですがすがしい。その小さな白い花を、王朝の娘たちは袂に入れて芳香を漂わせていたという。今でも柑橘系の香料は人気がある。

源氏物語の中でも最も短い巻「花散里《はなちるさと》」は、この歌の心をもとに語られている。光源氏もこの歌を愛誦していたのである。

桐壺院の死後、人心は見る間に変わって行き、公私ともに居場所が狭められてゆくのを感じていた源氏は、ある夜、麗景殿の女御《にょうご》を訪ねる。院を取り巻く女性達の中でも地味な存在だった彼女は、世の中から忘れられ、妹とひっそりと暮らしていた。

夜更けになって月の光がさし、橘の花の香りが懐かしく匂って来た。折しもほととぎすが鳴き渡る。院への変わらぬ思いをしみじみと語る女御の心に触れて、源氏は懐旧の涙をこぼす。

この女御の妹と、源氏は以前から情を交しあっていた。順境にある時には気づかなかった大切なことを、源氏はこの姉妹に教えられた思いがしたことだろう。源氏を逆境と見るや、素早く心変りをした女もいたのである。


橘の香をなつかしみほととぎす花散る里をたづねてぞとふ

この夜源氏が詠んだこの歌から、花散里と呼ばれるようになった妹君は、のちに六条院の夏の御殿の主となり、源氏の末永い信頼を得る。

それは夏のように烈しい性格だったからではない。むしろ逆に、苛酷な現実を忘れさせ、暑苦しい季節に一陣の風を送ってくれる涼やかな存在だったからだろう。あの花橘の香の如く。

蓬生——闇の絵巻の中から

二〇〇〇年、東京の五島美術館において国宝「源氏物語絵巻」の二十世紀最後の展覧会が催された。十二世紀の宮廷画家藤原隆能が描いたと伝えられるこの絵巻は、成立当初は十巻あったとも、十二巻とも、二十巻とも推量されているが、現存するのはその四割以下にすぎない。現在は四分の三が名古屋の徳川美術館に、四分の一が五島美術館に所蔵されており、そのほかに絵や詞書のわずかな断簡が、東京国立博物館や個人の所蔵として残されている。今回の展覧はそれらのすべてを一堂に集めた、大変貴重で見応えのある企画だった。

日頃図録や絵葉書などで見慣れているせいか、もっと大きなもののように思っていたが、実物は縦二十二センチ、絵の幅はほぼ四十八、九センチの小さな平面であることに先ず錯覚を正される思いがした。縦の寸法は、テレビの画面よりもはるかに短いわけだ。そこに何人もの公達や十二単の姫君達や、几帳や御簾や前栽の草花などがこまやかに描き込まれているのだ。あるものには調度の千鳥文様や屏風の絵、着物の柄、畳のへりの模様までもが。

現在では絵と詞書を一段ごとに切断して保存し、その形で展示もされているが、巻物であった時代には、部屋の中で、ごく限られた人々だけが広げて楽しんだものであろう。巻き癖による剥落や、顔料の変色、変質がはげしいにも関らず、そこに描かれた王朝人の姿や暮しぶりは、源氏物語の世界に私たちを誘い、垣間見ることさえなかった世界への想像力を大いに育ててくれた。

会場の一隅に、これが壮大な絵巻物であったことを示す試みがなされていた。現存するすべての絵と詞書の映像をつなげ、巻物を一挙に広げた形とする。しかも喪失した部分はそのまま灰色の紙をつなげ、闇の絵巻のままにしてある。そのことで私たちは国宝源氏物語絵巻のはじめの十数帖が全く闇の中であることに改めて気づく。「若紫」の巻と伝えられる絵の一部が残っていることはいるのだが、後世の補筆、上塗りが著しく、X線写真を用いた研究によってこの絵巻の一部と認められたほどで、とても同じ画家の手になるものとは思えない。私も今回の展覧会で初めて見たのだが、絵は失われたと同然と感じた。

とすると、長い長い闇の絵巻の中から、はじめて現れる絵は「蓬生」の巻である。須磨・明石から都に戻った源氏が、それまで忘れ果て何年もうち捨てていた末摘花の荒れ果てた屋敷に、久しぶりに足を踏み入れるくだりである。

都に戻った源氏は、それまで関りのあった女性達のすべてと旧交を温めあったはずだったが、そこに洩れている姫君が一人いた。それはあの冬の姫君とも言うべき末摘花であった。源氏が須磨へ行ってしまってからというもの、末摘花の生活は困窮を極め、家屋敷は荒れてゆくばかり。売り食いをしたり、叔母の世話になったりするよう周囲は勧めるが、姫君は頑として受け入れず、ただひたすら源氏の帰りを待っていた。使用人は次々に去り、人気《ひとけ》のなくなった屋敷うちには狐が棲みつき、梟が鳴き、木魂（木々の精霊）などさえ姿を現すようになった。夏には草が伸び放題。「か﹅るま﹅に、浅茅は、庭の面も見えず、しげき蓬は、軒を、争ひて生ひのぼる」といったありさま。台風のひどい年に渡り廊下なども倒れ伏し、板葺の建物は骨組だけとなって、そこに住んでいた下人達も去ってしまった。炊事の煙も上がらない家は、盗人さえ素通りする。そんな寝殿の奥で末摘花は須磨の源氏を思いつつ「萌え出づる春にあひ給はなむ」と、ひたすら祈っていたというのだから、健気というほかはない。

だが、普通の感覚の人間なら、こんな暮しぶりに耐え切れないのは当然である。最後まで姫君のおそばについていた侍従も、源氏が都に復帰した後も訪ねてくれないのに絶望して、とうとう去ってしまった。後にはどこも行き場のない老女房たちがわずかに残っているばかり。

霜月ばかりになれば、雪・霰がちにて、ほかには消ゆる間もあるを、朝日・ゆふ日を防ぐ、蓬・葎《むぐら》のかげに、ふかう積りて、「越の白山《しら》」思ひやらる﹅雪の中《うち》に、出で入る下人《しも》だになくて、つれ〴〵とながめ給ふ。

伸び放題の蓬が日射をさえぎるので、他の家では雪が消える時があっても、ここばかりは越の白山が思いやられるような雪景色のままである。そんな庭を日もすがら眺めておられる姿は、まさに冬の姫君。こんなになってまでも気持が揺らがないところは、堅固な石長《いわなが》姫そのものと言えよう。そのまま年も暮れてしまった。

翌年の卯月、花散里を思い出した源氏は、長雨の名残の雨が少しそそぐ月の出に、こっそりお出かけになる。

むかしの御ありき、おぼし出でられて、艶なるほどの夕月夜に、道の程、よろづのことおぼしいで丶おはするに、かたもなく荒れたる家の、木立繁く、森の様なるを過ぎ給ふ。大きなる松に、藤の咲きか丶りて、月かげに靡きたる、風につきてさと匂ふがなつかしく、そこはかとなき薫りなり。橘には変りて、をかしければ、さしいで給へるに、柳もいたうしだりて、築地にもさはらねば、みだれふしたり。「見し心地する木立かな」と思すは、早う、この宮なりけり。

長雨のあとの潤った夜気の中で、藤の花の香に誘われて昔の記憶をとり戻した源氏は、見覚えのある木立が、常陸の宮の屋敷であったことに気づく。人生の冬の最中に、源氏に春が巡って来るようにひたすら念じた末摘花の思いが、藤の精となって呼び止めたかのようだ。忘れ去られた姫君がどうなることかと心配していた読者には、感動的な一瞬である。

だが、まだ安心は出来ない。命を受けた惟光が荒れ果てた屋敷を見巡るが、「いさ、かの人気《げ》もせず」やはりだれもいない廃屋だ、と思って帰ろうとした時、

「月あかくさし出でたるに見れば、格子二間ばかり上げて、簾垂《すだれ》うごく気色なり」。

もしこの時、月が雲間から出なかったら、この月光が惟光の注意を引かなかったら、源氏は末摘花を見出すことはなかったかも知れない。

それでもまだ惟光には、こんな所に姫君が暮らしておいでとは思えない。化物でも出て来るのではないかと「心地恐ろしくさへおぼゆれど」寄って行って声をかけると、ひどく年老いた声が誰何する。老女房の方も、久しく見たこともない若い男が庭先に立っているので、庭に棲みついた狐なんかが化けて出て来たのではないかと疑う。このあたりは滑稽でさえある。

そうと知った源氏は、

尋ねても我こそとはめ道もなく深き蓬のもとの心を

と独り言を言いつつ露の夥しい蓬生の庭に降り立つ。惟光は馬の鞭で行く道の露を払う。折から雨の雫が時雨のように注いだので、惟光は、

「御傘さぶらふ。木の下露は雨にまさりて」

と申し上げる。これは古今集にも見られる、

みさぶらひ御傘と申せ宮城野の木の下露は雨にまされり　紀　貫之

の歌を、傘をさしかけながら言ったものだろう。久しぶりの女性を訪う折に似つかわしい導きだ。そしてこの場面こそ、長い闇の帯から浮かび上がった国宝源氏物語絵巻の蓬生の巻の絵なのである。

左端に白い傘をさした源氏の半身が見える。黒い烏帽子をかぶり、直衣《のうし》・指貫《さしぬき》姿である。「御指貫の裾は、いたうそぼちぬ」と本文にあるが、その前を惟光が身を低くして右手に馬の鞭を持って露を払っている。画面の真中は、今は剥落しているが言うまでもなく蓬の葎。銀泥が施してあるのは夜の闇の表現。その先に描かれているのは破れ果て朽ち果てた濡れ縁のようなもの。更にその奥に、よれよれの御簾の間から、老女房の横顔が覗いている。頭髪の一部が白いままなのは、書き残しとも見えるが、禿にも見えて痛々しい。破れた羽目板の間からも蓬が見えている。

剥落や変色がなかった時でも、この絵は淋しく色彩に乏しいものだったろう。光源氏の半身は描かれているものの、顔は向こう向きで、眉の一部が見えているにすぎない。女性の姿はあわれな老女房一人である。

今は散逸してしまっているが、蓬生の巻に至るまでの絵の数々には、美しい女性や、はかなげな女君、しみじみとした恋の場面、別れの朝、須磨、明石の景色などが描かれていたに違いない。それらはその美しさゆえに人気があり、人々の手に渡り、もしかすると既にこの世にはないのかも知れない。手元に置いて日々眺めていたいと願われたために、絵の寿命を短くしたか、あるいはだれかに占有されてしまったか。

蓬生の巻の絵は、そのおどろおどろしい淋しさゆえに散逸を免れ、歳月に耐えて二十一世紀を迎えた。あの破れた御簾の奥に潜んでいる末摘花が、永遠の命の象徴である石長姫の化身と見えて来るのは、私だけだろうか。

螢——照らし出された横顔

六条院の夏の御殿に引き取られた玉鬘《たまかずら》は、源氏が若き日よそに作った娘であったのを、最近探しあてたというふれこみで、社交界にデビューした。と言っても当時のことだから、華々しくパーティーで紹介されたというようなことではない。むしろ人目から隠して噂だけを広めたのである。まさに深窓の姫君で、その素性は源氏とおつきの女房以外誰も知らなかった。長いこと行方知れずだった二十歳《はたち》すぎの姫君とは、何と神秘的な存在だろう。しかも光源氏の娘とあれば美人に違いない。若き貴公子達は、我も我もとこの六条院の新たなヒロインに、ラブレターを送った。

とまどう当人をよそに、これを最も喜び楽しんだのは、保護者の光源氏だった。手紙のひとつひとつを吟味し、これにはお返事を書きなさい、とか、彼はなかなかいい趣味をしているから、つれなくばかりしていてはいけません、などとアドバイスに余念がない。

多くの求婚者達の中で、最有力候補と目されていたのは、源氏の弟の兵部卿の宮だった。手紙だけでなく直接会わせてほしいと望む宮に、源氏は一計を案ずる。

それは五月雨の頃だった。うっとうしい空気を一掃するために、源氏は先ず空薫物《そらだきもの》をして、恋人達にふさわしいムードを作った。そればかりではない。夕方のうちから螢を取り集めて光が洩れないように隠しておいた。

慎しみ深く応待する玉鬘に、もっと宮の近くにお寄りなさいと源氏は助言する。すっかり演出家気取りである。兵部卿の宮の胸はますます高鳴る。

そこへ放たれた螢。その明るさに驚いて扇で顔を隠す玉鬘。すらりと身を横たえていた女の姿は、一瞬のうちにまた闇に消えてしまったので、いよいよ男心を掻き立てる。心憎い演出ではある。

螢火に妖しく照らし出された美しい横顔に、心が吸い寄せられたのは兵部卿の宮ばかりではなかった。彼女は実は源氏の娘ではないのだ。若き日の頭の中将と夕顔の間に生まれた子供だったが、そのことはまだ実の父親も気づいていない。

ますます美しくなってゆく玉鬘の魅力に、源氏の心は複雑に揺れ動く。

暑き日――京の酷暑

「家の作りやうは、夏をむねとすべし」とは『徒然草』の言葉だが、吉田兼好は都の人であったから、こう確信したのだろう。雪国の人なら「冬は、いかなる所にも住まる」とはけっして言うまい。

京都の暑さはまことに耐え難い。気温もさることながら、盆地特有の無風と湿気が人々を苦しめ、疫病が流行した。祇園祭が暑気のただ中に行われるのは、この行事がもともとは疫神と死者の怨霊を鎮めるための御霊会《ごりようえ》であったからだ。

光源氏の母、桐壺の更衣が亡くなったのも夏だった。日頃から病気がちだったので、帝もいつものことと思われて様子を見ているうちに、ほんの五日六日の間に見る見る衰弱してしまったというのは、あの京の暑さのせいもあるだろう。

寝殿造の建物は風通しがよいように造られていたとは言え、風そのものが絶えてしまうのである。里さがりを許されたその夜のうちに、更衣は息を引き取ってしまったのだ。

何十日も続く酷暑をしのぐため、昔から人々は住居や庭に工夫をこらしていた。屋敷内に川の水を引いて遣水《やりみず》という浅い流れを作ったり、池の上に釣殿《つりどの》や泉殿を作って、水上の風を楽しむようにしたのは、冷房設備のなかった時代の生活の知恵である。

六条院の夏の御殿も、そうした趣向がふんだんにこらされた住居だった。「いと暑き日」釣殿に出て涼んでいた源氏のもとへ、息子の夕霧の友人達がやって来た。この御殿の涼しさに惹かれて来たのだろう。貴重品の氷水や水飯や鮎などで源氏は若者達をもてなす。

しかし西日が照りつけて蟬の声が暑苦しい。

「水の上も役に立たない暑さだなあ」

と、源氏は帯紐をゆるめて、物によりかかり、君達もくつろぎたまえとうながす。

「お役所勤めの若い人は大変だね。帯も紐も解かずではね」。

現代で言えば、真夏に背広を着用し、ネクタイをきちんと締めているといったところか。

この時源氏は三十代後半にさしかかったばかりのはずだが、暑さに体力の減退を実感したのか、「何となく翁《おきな》びたる心ちして」などと口にしている。それほど都の暑さは人を衰えさせるのである。

昼寝――親の諫めしうたた寝は

端午の節句が過ぎても、その年は「ながめ雨、例の年よりもいたくして、晴るゝ方なく」、人々は退屈な日々を余儀なくされていた。あの「雨夜の品定め」がやはり五月雨の頃であったように、退屈した男達は話にうち興じていたのであるが、女達は、「絵物語などのすさびにて、明かし暮らし給ふ」ということだったらしい。

六条院でも、一日中物語を書いたり読んだりしている女達を見て、源氏は、女はよくよく人にだまされるように生まれついているのだな、と苦笑している。その中に、

「かゝるすゞろ事に心を移し、はかられ給ひて、あつかはしき五月雨髪の乱るゝも知らで、書き給ふる」

という言葉が見られる。「あつかはしき五月雨髪」とは、うっとうしく湿っぽい五月雨の頃の女の長い長い髪の乱れを言い得た言葉である。顔立ちよりも髪が長く豊かであることに価値が認められていた時代、女は髪の手入れを怠らなかったはずだが、五月雨の頃は、男と女が逢え

ない季節であったため、五月雨髪は即ち乱れ髪にも通じていたのである。

さて、梅雨が明けて暑い昼下がり、昼寝をしている姫君も「常夏」の巻には描かれている。

ひめ君は、昼寝し給へる程なり。うすもの、単衣を着たまひて、臥し給へるさま、暑かはしくはみえず。いと、らうたげに、さゝやかなり。すき給へる肌つきなど、いと美し。をかしげなる手つきして、扇をも給へりけるながら、かひなを枕にて、うちやられたる御髪《ぐし》の程、いと長くこちたくはあらねど、いとをかしき末つきなり。

この姫君は内大臣（昔の頭の中将）の娘の雲井の雁で、この年十七歳。源氏の長男夕霧とはいとこ同士で、初恋の相手でもある。内大臣が前ぶれもなく娘の部屋に立ち寄ったところ、女房もろとも昼寝の最中だった。羅のひとえを着て横になっている姿が、暑苦しくなく、ささやかであるというのは、最上級のほめ言葉だ。扇を持ったままひじ枕をしている寝姿など、ふつうは暑苦しく、人に見られたくない姿だ。こんな無防備な姿を人に見られては大変と、内大臣は扇を鳴らして注意を促す。女というものは、気を許して無頓着なのは下品だと、親としてうたた寝を戒めている。

たらちねの親の諌めしうたた寝は物思ふ時のわざにぞありける

という歌も思い出される。

平安の昔から、夏の昼下がりには、深窓の姫君達も昼寝をして暑さをしのいでいたのだ。

うすもの――面影を求める系譜

平安朝の人々も暑さのしのぎ方にはさまざまな工夫をしていた。冷房設備は勿論、冷蔵庫もない時代だったが、「氷室《ひむろ》」と呼ぶ天然の冷蔵庫が山奥にあった。冬の間に氷を切り出し、穴の中に貯えておいたのである。

と言っても夏の氷は貴重品だったから、上層階級だけが手に入れることのできるものだった。宇治十帖も終り近く、その氷をものの蓋にのせて騒いでいる女人達が描かれている。「暑さの堪へがたき日」今は亡き源氏と紫の上のための法事が行なわれた六条院でのことである。

せっかく手に入った氷を何とかみんなで分けたいものだと、女房や女の童《めわらわ》が無理して割って、手に手に持った。頭に置いてみたり、胸に当ててみたり、冷たい冷たいと大はしゃぎ。人目があるはずもない局《つぼね》の中だから、みなうちとけた恰好をして気を許している。

ところが、この様子を透き見している男性がいた。法事の後偶然通りかかった薫の大将である。少しでも風通しをよくするため、几帳が片寄せられていたので見通しがきいたのである。

薫の目はその中の一人に釘づけになる。白いうすものに紅の袴を身につけ、人々の騒ぎを笑って見ている高貴な女人。暑いので髪を片寄せて引いている姿は、言いようもなく美しい。今まで多くの佳《よ》き人を見て来たが似た人はいない、と薫が思ったほどの素晴らしい人とは、女一の宮。薫の正妻の姉にあたる人だった。

その姿が瞼に焼きついて離れない薫は、翌日さっそく自分の妻に同じ装いをさせることを思いたつ。

「とても暑いから、これからはすきとおった衣をお召しなさい。女は時に応じて変わったものを着るのが風情のあることですよ」

などと言いながら、わざわざうすものを縫わせ、手ずから着せてあげた。

おまけに氷までとり寄せて人々に割らせ、妻の手に持たせてみたのだが、姉妹とは言え、憧れの人の姿にはほど遠い。思わずため息を洩らす薫であった。

この場面は、薫のもの思わしげな性格が象徴的に描かれているが、憧れの女性を手に入れることができず、身代わりにその面影を追い求めるという系譜は、光源氏から受けつがれたものと言えよう。

蓮――あの世を見る二人

二条院で転地療養していた紫の上の病状が悪化したのも夏のことだった。危篤の報せに源氏が駆けつけると、執念深く取りついていた物《もの》の怪《け》が姿を現した。それを追い払ったことで何とか息を吹きかえしたものの、最愛の人の衰えを目のあたりにして、源氏の嘆きは深い。とても暑い折で、病人はますます弱ってゆくばかりである。

昼も夜もつききりで看病した源氏の思いが通じて、それでも夏の終り頃には時々頭をもたげることができるまでになった。

ある日源氏が病間を訪れると、暑苦しさに耐えかねて、紫の上は髪を洗ったところだった。臥したまま横にうちやって乾かしているその黒髪は、一筋の乱れもなく、まだ湿りけを帯びて美しくゆらゆらとしている。しかし、顔は青ざめて、肌はすき透るように澄み、まるで虫のぬけがらのように頼りない感じだ。

長年留守にしていた二条院の庭は、手入れがゆき届いてはいないものの、池はとても涼しげで、蓮の花が一面に咲いている。青々とした蓮の葉に宿った露は、きらきらと光って玉のようだ。

「あれをごらん、自分ひとり涼しげだね」

と、源氏はやさしく指し示す。その声に起き上がって庭を眺めやる紫の上。こんな姿は何日ぶりのことだろう。

「こんなあなたを見ることができるなんて、夢のようだ。とても危なくて、私さえもう最期だと思われたことが何度もあったのだよ」

と、涙を浮かべる源氏であった。

これほどまでに思ってくれる人を残して逝かねばならぬ紫の上の胸は痛むが、もうすでに長くはない命を彼女は知っている。

消えとまる程《ほど》やは経《ふ》べきたまさかに蓮《はちす》の露のかゝる許《ばかり》を

蓮の葉に宿る露に託してはかない我が身を歌に詠んだ。それに対して源氏は、

契りおかむこの世ならでも蓮《はちす》葉に玉ゐる露の心へだつな

あの世でも二人の心は一緒だと約束しよう、と誓いの歌をもって応えた。

暑いこの世を忘れさせてくれる涼しげな蓮の花。その葉に結ぶ美しい露に、二人はあの世を見ていたのである。

夕顔——あやしくはかない命

「夕顔」と呼ばれる女は、その登場の時からミステリアス。あやしい魅力をもって十七歳の光源氏の身も心もとりこにしてしまった女だった。六条あたりの御忍び歩きの頃、病床の乳母を五条の家に見舞った源氏は、むさ苦しい家並の中にふと心惹かれる小家を見出す。

切懸《きりかけ》だつものに、いと青やかなるかづらの、心地よげにはひかかれるに、白き花ぞ、おのれひとり、ゑみの眉開《ひら》けたる。「をちかた人に物申す」と、ひとりごち給ふを、御随身《みずゐじん》つい居て、「かの、白く咲けるをなん『夕顔』と申し侍る。花の名は人めきて、かう、あやしき垣根になん、咲き侍りける」と申す。

板塀のようなところに青々とした蔓が心地よげに這いかかっている、そこに白い花がひとりだけ笑むようにひらいている。「ゑみの眉開《ひら》けたる」とは、まさに愁眉を開くといった風情で、ほほえみかけて来たのだ。この擬人化表現は白い花の向こうに、それを好んで咲かせている女あるじのほほえみかけを感じさせて心憎い。

この花を初めて見た源氏は「をちかた人に物申す」とだけ独り言を言うが、勿論家の中の人を意識しての言葉である。

うち渡すをち方《かた》人に物申すわれそのそこに白く咲けるは何の花ぞも
（読人しらず）

「古今集」に見られるこの旋頭歌は、たぶん誰もが知っている歌謡的なものだったのだろう。この一ふしを言うだけで、白い花の名を尋ねているということがすぐに通じたのだ。随身がつとひざまずいて、

「あの白く咲いているのを夕顔と申します。花の名は人のようで、このようなみすぼらしい垣根に咲きます」

と申し上げる。

その言葉通り、なるほど小さな家ばかりのごみごみしたところに、あちこちよろめきながら絡みついて咲いている花だ。源氏は見慣れない「あやしき垣根」に咲く花に、いたく興味をそそられる。「あやし」とは、みすぼらしいとか卑しいとかいった意味ではあるが、不思議だとか、妖しいにも通ずる言葉だ。人は自分の理解が及ばないものを「あやし」と感ずるのだから、貴族の世界しか知らなかった源氏が、むさ苦しい町なかに咲く夕顔に「あやしい」魅力を覚えたのも自然のことと言えよう。

「くちをしの、花の契りや。一房折りて参れ」。

高貴な庭には咲かないで、こんな賤しい所に咲くとは、残念な花の運命だなァ、と、源氏は

一房折って来るよう命ずる。このあたりの趣向はまことに象徴的だ。花の名を尋ねることにことよせて、相手の名を知りたいと思っているのであり、その花を折り取ることは、相手を手に入れたい思いの表れである。

万葉の昔、雄略天皇が菜を摘むおとめに向かって「名宣《の》らさね」と歌詠みかけたのは、名を問うことが即ち求婚を意味することだった。そんなことを思い出させるくだりである。雄略天皇は、我こそはこの国を統治する者だ、と家をも名をも詠い上げたが、源氏はしのび歩きの途中だから名をあかすわけにはいかない。身なりも車もやつしている。しかしおのずと溢れる魅力は隠し難く、家の中から窺っていた女の目に、紛れなくその人と映ったらしい。

随身が花を手折りに門の内に入ると、黄色の生絹《すずし》の単《ひとえ》の袴を裾長に着た可愛らしい童女が戸口に出て来て、手招きをする。寄ってみると香でいぶした白い扇を渡し、

「これに載せてさしあげて」

と言う。その扇には、もしかしたら光の君ではありませんか、といった意味の歌が、いかにも何気なく書き散らされていた——。

夕顔は、花のかたちも朝顔に似ていて、朝顔夕顔と並び称される美しい花なのに、実のありさまが不格好で残念だと「枕草子」にもあるごとく、あの干瓢になる大きな実のせいか、高貴

な人々の前栽には入れられなかったものらしい。夏の暮れがた、賤《しず》の家の垣根に絡まって咲く夕顔は、「あやしき花」であり、一方、秋の明けがたひらく朝顔は、後朝《きぬぎぬ》の別れを彩る優雅な花であった。「夕顔」の巻には、この朝顔と夕顔の花が実に対照的に描かれている。

秋になって、六条御息所のもとで一夜を明かした源氏は「霧のいと深き朝《あした》」見送りに出た中将のおもとのしなやかで優雅な腰つきを見捨て難く、勾欄にひきすえて歌を詠みかける。

咲く花に移るてふ名はつゝめども折らで過ぎうきけさの朝顔

おまえの美しさに心が移って、手折らずに通り過ぎるのがつらいよ、と、御息所のおつきの女房をも口説いたわけである。季節に合わせて紫苑色の襲《かさね》を身につけた中将は、たしなみもよく、さらりと受け流す。その時庭では、

をかしげなる侍童《さぶらひわらは》の、(姿)このましう、ことさらめきたる、指貫の裾露けゞに、花の中にまじりて、朝顔折りてまゐるほどなど、絵に書かまほしげなり。

あの夏の夕暮れに夕顔を載せよと白い扇をさし出した女《め》の童と、この秋の早朝、指貫の裾を濡らして朝顔を手折って来た可愛いおそば付きの男の子は、好一対をなしている。そして夕顔

が恋のはじまりの花であったのに対して、朝顔は、口説き落すまでは燃え上がった御息所への思いがさめてゆく兆しとなっている。

こののち源氏は、はかなげであやしい夕顔にのめり込んでゆき、趣味もよく洗練された家に住みなしている御息所の屋敷には足が遠のいてしまう。夕顔という花の名だけは知り得たものの、女は名前も素性も明かさない。最も信頼するお供の惟光《これみつ》に探らせたところ、どうやらあの雨夜の品定めの折、頭の中将が嘆いていた行方知れずの女らしい。顔も見せず夜深くなってから出入りする源氏を、女も気味悪がるが、

「いづれか狐ならんな。たゞ（私に）はかられ給へかし」

と言って源氏は化かしあいのようなアバンチュールを楽しんでいる。男に「いみじく靡き」「ひたぶるに従ふ心」の女は、身分と気位の高い女たちよりもはるかに源氏を夢中にさせたのだった。

そして、秋の月の明るい季節がやって来た。

「八月《はづき》十五夜、隈なきつきかげ、ひま多かる板屋、のこりなく漏り来て」というのだから、夕顔の住まいのほども知れよう。名月の光が隙間からさし込むのを珍しいと見ている源氏の耳に、明けがた様々な声や音が近々と聞えて来る。隣家の男の愚痴、雷より大きな唐臼の音、白妙の

衣うつ砧の音、空飛ぶ雁の声、虫の声々に混じってすぐ耳元で鳴く蟋蟀……。秋の趣きを聴覚に取り集めたようなくだりだ。言うまでもなく源氏にとってはふだん聞き慣れない音どもだ。

ここを抜け出して二人だけになれるところへ行こうと、源氏は夕顔をつれ出す。二人が向ったなにがしの院は、しのぶ草が見上げるほどに生い茂り、庭は「秋の野ら」の様相を呈し、「霧も深く露けき」宿である。この、ものおそろしげな所で、異変が起ったのは十六夜の宵過ぎだった。

枕上《まくらがみ》に美しい女が座り、

「お慕いしている私を尋ねようともなさらず、こんな取り柄のない女をちやほやなさるなんて、つらい」

と、傍らの夕顔をかき起そうとする、と見た源氏が目を覚ますと、枕元の燈が消えていた。月は、出ていれば明るいはずだが、ここでは暗闇ばかりが強調されていて、月光の描写はまったくない。無月だったのだろう。あわてた源氏は

「紙燭さして参れ」

とくり返し叫んでいる。闇の中で抱き起した夕顔は、すでに息絶えていた。

月の隠れていたこの夜が源氏にとっていかにおそろしく長いものであったか、作者は筆を尽している。「夜の明くる程の久しさは、千夜《ちよ》を過ぐさん心地し給ふ」とあるが、ここはやはり

秋の夜長でなければ、すぐに白々と明ける夏の夜では、物語の効果も半減するところである。

さて、やっと朝が来て、頼りになる惟光が駈けつけ、すべてを隠密に取りはからい、夕顔は極秘のうちに葬られるのだが、この間源氏は実によく泣く。惟光の顔を見るなり緊張がとけて「いといたく、えもとゞめず、泣き給ふ」。その様子は惟光までが悲しくなって、「おのれもよゝと泣きぬ」といった具合である。十七日の月が出る頃、なきがらを運んだ東山の尼寺に赴き、ここでも源氏は「声も惜しまず泣き給ふ事、限りなし」。その後も毎日「よわげに泣き給へば」、まわりの人々もいぶかしむばかり。やっと人心地ついたのはひと月も経った九月二十日頃のことだった。その間いつもため息をついては「ねをのみ泣き給ふ」あり様だったので、もののけが取りついたのだろうと言う人もいたほどだった。この時代、泣くということは感受性が豊かで、ものの情趣がわかることの表れと見られていたので、男にとって決して恥ではなかったのだ。

夕顔の花は夕べに咲いて朝にはしぼんでしまう。まさにその花のような女だった。十九歳だったという。

朝顔——精神的な愛を求めて

源氏物語には夕顔と対比するかのように、朝顔と呼ばれる姫君が登場する。この姫君は桐壺帝の弟桃園式部卿の娘で、源氏には従妹にあたる。かつて何らかの交渉があったらしいことは、「帚木」の巻で紀の守の家の女達が、光の君は式部卿の宮の姫君に朝顔を贈って歌を詠まれたそうよ、などと噂していたことで推測できる。

だがその後源氏があちらこちらで流す浮名を耳にし、源氏を取り巻く女性達が苦しんでいるのを見るにつけ、自分はその中の一人にはなるまいと固く心に決める。源氏と恋仲になって数ある女の一人になるよりは、折々につけて心を通わせるだけの関係を保つことで唯一の女になりたい。その意志通り、彼女は賀茂の斎院となって神に仕える身となった。このあたり、夕顔という女が官能で若き源氏をとりこにしたのと対照的である。

ところが藤壺の死と前後して父の桃園式部卿の宮が薨去され、喪に服した朝顔の君は斎院を退き、父亡き邸に戻って来ることになった。九月のことである。源氏は早速お見舞に向かう。十五年もの間思い続けて来たのだから、もう受け入れてくれるだろうと期待して。夕顔との恋はひと夏で終ってしまったが、朝顔への精神的な愛は歳月を経て深まっていたのである。だが、御簾のうちにも入れられず、人を介して返事があるばかり。落胆した源氏は自邸に帰っても眠れない。

とく、御格子まゐらせ給ひて、朝霧をながめ給ふ。枯れたる花どもの中に、朝顔の、これかれにはひまつはれて、或るかなきかに咲きて、匂ひも殊にかはれるを、折らせ給ひて、たてまつれ給ふ。

けざやかなりし御もてなしに、人わろき心地し侍りて。うしろ手も、いとゞ、「いかが御覧じけむ」と、ねたく。されど、

見しをりの露わすられぬ朝顔の花のさかりは過ぎやしぬらん

年頃のつもりも「あはれ」とばかりは、「さりとも、思し知るらんや」となむ、かつはなどきこえ給へり。

翌朝早く格子を上げさせて、源氏は朝霧を眺めている。見ると枯れた花々の中に、朝顔があれこれの草に這いまつわって、あるかなきかに花をつけている。中でも一段と色艶の衰えたのを折らせて、朝顔の君に贈った。

その手紙といったら、未練たっぷり。昨日のきっぱりした拒絶に対する恨みつらみを述べたて、すごすごと引き下った自分の後姿はさぞかし恰好悪かったことだろうと恥じ入り、これだけ長い年月思い続けて来たのだから、せめて可哀そうにくらいは思っていただけるかと、あわ

れみを乞うている。

恨みの言葉をつらねた手紙に対して、この歌はどうだろう。あなたを見た時のことが少しも忘れられません。あの朝顔の花の盛りはすぎたでしょうか、というのだから。朝顔という名の花にかけて、夜を過ごした翌朝の恋人の顔という意味が含まれていると見るのが当時の常識だから、あなたも盛りは過ぎただろうか、という思いがこめられていると取るのが大方の解釈だ。しかも名残の朝顔のことさらに色褪せ衰えた花に添えて贈った、というのだから、意地悪な恋人ではある。

だが、源氏は本当にそんな辛辣なことを言いたくて色褪せた朝顔を添えたのだろうか。ふり返ってくれない恋人に愛想をつかして最後に皮肉な言葉を投げつけたというのならまだしも、これから再び朝顔の君を口説こうとする時にである。こののちしばらくの間、源氏はまるで仕事のように毎日朝顔への恋文を綴り、紫の上が嫉妬するほどの熱の入れようなのである。

天下の色好みの光源氏が思いを寄せる女性に詠みかけた歌として、あなたもこの衰えた朝顔のように盛りを過ぎてしまったでしょうか、という解釈だけでは、どうも受け入れ難い。最も愛されていると安心していたはずの紫の上が、人知れず嫉妬に苦しんだのは、源氏の朝顔の君に寄せる思いの深さを感じ取ったからにほかならない。二人の精神的な愛の深さと恋の歴史は、紫の上をも脅かしたのである。

この歌は、ずっと以前に源氏が贈ったという朝顔の花と響き合っているのではなかろうか。朝顔の花は二人の初々しい恋の思い出につながる花だ。十代の恋の象徴であったのだ。その後二人は結ばれることもなく、別々の人生を歩んだが、毎年朝顔が咲くとあなたを思い出す。それなのにあなたが私につれないのは、私たちの思い出の花も、もう褪せてしまったのでしょうか——そんな思いを託して、源氏はことさらに色褪せた朝顔を選んで贈ったのだ。

朝顔の花に託して思いを述べる。それでこそ春秋を知った三十二歳の源氏の歌と言えよう。昔二人が見た朝顔の花は、露に濡れて生き生きとしていた。十五年の歳月の間に、あなたの心の中で二人の思い出はこの花のようにはかなくも変質してしまったのだろうか。季節の移ろいとともに変様してゆく自然のありように、人の心の移りゆきを重ねた歌であったのだ。

これに対する朝顔の君の返事は、

秋はてゝ霧のまがきにむすぼゝれあるかなきかにうつるあさがほ
につかはしき御よそへにつけても、露けく

とだけ書かれてあった。源氏の思いを受け入れるつもりのない朝顔の君は、わざと額面通りに歌を解釈し、花の衰えを自分の身の上に重ねた。秋果てて霧の垣根に絡みついてあるかなきかに衰えてゆく朝顔とは、私にふさわしい喩えで、それにつけても涙が出ますわ、といったところか。

朝顔という花、朝咲いて一日でしぼむところから、はかないものの象徴とされて来た。平安初期に中国から渡来して、種子を薬用にするために栽培されたというが、無論その美しさやはかなさを愛でて、貴族の邸宅の前栽にも植えられていたものだろう。

平安時代の朝顔を木槿とする説もあるが、源氏物語のこのくだりを読む限り、垣根にからみついて咲く蔓性の植物で、今日我々の知る朝顔であるようだ。木槿は「白氏文集」に「槿花一日自ら栄を為す」と詠まれ、やはりはかないものの喩えとされていたことから、「和漢朗詠集」の槿の項に、朝顔の和歌が入れられている。こんなところから、文学の上での混同がなされたのかも知れない。

露──つねよりもおぼし出づる事多く

光源氏の物語は生母の死という悲しい出来事から始まる。帝の寵愛が殊のほか深かった桐壺の更衣《こうい》は、玉のような男の子を産んで間もなく、人々の嫉妬と京の暑さに耐えかねたかのごとく、はかなくなってしまった。光君が三歳になる年のことだった。

帝の嘆きは深く、季節が移って秋になっても涙にあけくれる日々が続いている。まわりの人々までも涙にくれて、まさに「露けき秋」である。

「野分《のわき》たちて、にはかに肌寒き夕暮の程」帝はいつもより思い出すことが多く、靫負《ゆげい》の命婦《みょうぶ》という女房を、更衣の実家に弔問に行かせた。夕月夜の時分に送り出して、そのまま庭を眺めて、風の音《おと》を聞きながらもの思いに沈んでおられる帝。この月が沈むまでの数時間の描写は、源氏物語の冒頭の「桐壺」の巻の中でも、最も心にしみるくだりだ。

更衣亡きあと、その母君と幼い光君は、草の生い茂った露深い屋敷に淋しく暮らしているのだった。大風にうちひしがれた草々は、いっそう荒れ果てた感じで哀れを誘う。娘に先立たれた悲しみの中で、母君は帝からの心のこもった手紙を手にするが、あふれる涙のために最後まで読むことができない。

母君の思い出話は尽きず、月もだいぶ傾いた。命婦は今夜のうちに帝のもとに戻って、こちらの様子を伝えたいと気がせくが、夜空が清く澄みわたり、風もすっかり涼しくなり、しみじみとした情趣に包まれた草の宿を立去り難い。

夜露に濡れた草むらの虫の音《ね》も、涙で潤っているようだ。最愛の人を失った帝と、逆縁に会った母君と、もの心つかぬうちに母を亡くした幼子の魂を鎮めるかのように、虫の音が響きあう。


いとどしく虫の音《ね》しげき浅茅生《あさぢふ》に露おきそふる雲のうへ人

虫の音が夥しい荒れはてた庭に、いっそう露を結ばせる雲の上の人よ、と、母君は帝への返歌を詠む。露には、言うまでもなく涙の意味が重ねられている。

すっかり夜も更けてから戻った命婦を、帝はおやすみにもならず待っていた。風の音、虫の音につけても亡き人の思い出が甦る。命婦の話に耳を傾けるうちに、月も沈んでしまった。

虫の音——野の宮の別れ

源氏の正妻葵《あおい》の上が男の子を生んで亡くなった後、世の人々は六条御息所《みやすんどころ》が後妻におさまるのでは、と噂したものだった。しかし、葵の上を最も苦しめたのは御息所の生霊《いきりょう》であることを知ってしまった源氏は、その後六条へ足が向かない。

愛の終りを自覚した御息所は、十四歳になった娘が斎宮として伊勢に下向するのにつき添って行くことを決心する。光源氏という七歳も年下の恋人に、思いの限りを尽してしまった彼女は、これを機につらい日々に区切りをつけ、都から離れようと思い決めたのである。

都を去るということは即ち源氏から遠ざかることだった。亡き皇太子との間に一子をもうけ、未亡人となってからは都の貴公子達のサロンの中心に君臨していた彼女も、三十歳の秋を迎えていた。

旅立ちが近づいた母娘は、身を清めるために野の宮に移り住んだ。いよいよ別れが近づいたことを悟った源氏は、淋しい都のはずれまで足を運ぶ。

はるけき野辺を、分け入り給ふより、いと、物あはれなり。秋の花、みな衰へつゝ、浅茅が原も、かれぐ〵なる虫の音に、松風すごく吹きあはせて、そのこと、も、聞きわかれぬ程に、もの、音《ね》ども、たえぐ〵聞えたる、いと艶なり。

有名な野の宮の別れのくだりである。嵯峨野へ分け入る源氏の歩みにつれて、名残りの秋の花が揺れ、すがれ虫が鳴き、松風がすさまじく鳴る。「はなやかにさし出でたる夕月夜に」訪れた源氏を、御息所は心乱れつつも奥ゆかしくもてなす。これまでのこと、これからのことが次々に心に浮かんで、源氏は心弱くも泣いてしまう。逢えばやはり魅力的な恋人なのだ。今からでも思いとどまって、と口説く源氏に、諦めたはずの女の心も大いに揺らぐ。

この夜二人が交わしたであろう言葉を、紫式部は何も書いていない。その分、別れの場面の自然描写に筆を尽している。

やうく〵、明け行く空の気色、ことさらに、作り出でたらむ様なり。

あか月の別れはいつも露けきをこは世に知らぬ秋の空かな

出でがてに、御手をとらへて、やすらひ給へる、いみじう、なつかし。風、いと、ひやゝやかに吹きて、松虫の鳴きからしたる声も折知り顔なるを、さして、思ふ事なきだに、聞き過ぐしがたげなるに、まして、わりなき御心惑ひどもに、中〳〵、こともゆかぬにや。

おほかたの秋のあはれも悲しきに鳴く音なそへそ野辺の松虫

くやしき事多かれど、かひなければ、明け行く空も、はしたなうて、出で給ふ。道の程、いと露けし。

名残りを惜しむ源氏は、女の手を取ってためらっている。ひややかな朝の風に乗って、松虫の鳴きからした声が、折知り顔に響いて来る。この虫は二人の最後の夜を奏で続けていたのだ。ただでさえ秋の別れは悲しいものなのに、野辺の松虫よ、この上鳴く音《ね》を添えないでおくれ、と御息所は詠む。朝露に濡れて去ってゆく恋人の後ろ姿を見送りながら。

秋の季語が鏤められたここのくだりは、季節の情緒あふれた名文だ。女君の執念も怨念も妬心も、松虫の音に浄化されてゆくようだ。

こののち、御息所の一行は京を離れる。それは「霧いたう降りて、たゞならぬ朝ぼらけ」のことであった。濃い朝霧が源氏との間を隔てたのである。

野分——季節のゆきあい

古来、日本の季節の移りゆくさまを描いた詩文は多いが、その変化のありようを最も見事に表しているのは、「徒然草」の一節だろう。

春暮れて後《のち》、夏になり、夏果てて、秋の来るにはあらず。春はやがて夏の気をもよほし、夏より既に秋はかよひ、秋は則ち寒くなり、十月は小春の天気、草も青くなり、梅もつぼみぬ。木の葉のおつるも、まづ落ちて芽ぐむにはあらず。下よりきざしつはるに堪へずして落つるなり。迎ふる気、下に設けたる故に、待ちとるついで甚だはやし。

「季節のゆきあい」という言葉があるが、日本の四季の変り目は二つの季節が入り交じり、前の季節が終らないうちに次の季節の「気をもよほし」、新たな気を内蔵しているゆえにすみやかに移りゆく。乾季の果てにある日突然雨が降って、その日を境に雨季に入る、というような、はっきりした境目がある風土とは違う。

「徒然草」のあげる具体的な事象を読んでいると、ひとつひとつ思いあたる季語がある。夜の秋、秋近し、秋隣などは夏の季語。肌寒、露寒、うそ寒、夜寒などは秋の季語だ。「迎ふる気」もさることながら、前の季節の名残りを表す季語も多いことに気づく。春寒、料峭、冴返る、余寒は春の季語。残暑、秋暑といった秋の季語もある。「立春」「立秋」というような境目を表す言葉は暦の上の便宜上のもので、実際の自然界のありようは、入り交じりながらいつしか次の季節に移ってゆくものであることを、私たちは知っている。
「源氏物語」の中で、その「季節のゆきあい」が最も如実に表れているのが「篝火」の巻ではないだろうか。

秋になりぬ。初風、涼しく吹きいでゝ、「せこが衣」もうらさびしき心地したまふに、しのびかねつゝ、いとしば〳〵渡り給ひて、おはしまし暮らし、御ことなども、ならはし聞え給ふ。五六日の夕月夜は、とく入りて、すこし雲がくるゝ気色、をぎの音も、やう〳〵あはれなるほどになりにけり。御琴を枕にて、もろともに、添臥したまへり。

秋の初風が涼しく吹きはじめて、人恋しい気持を抑えきれぬままに、源氏は玉鬘の部屋にしげしげとお渡りになる。そしてそのまま終日お過ごしになり、お琴などを教えてあげている。五日六日の夕月はすぐに沈み、荻の葉ずれの音も、次第に心にしみる趣のある季節になって来た。源氏は玉鬘と和琴を枕にして添い臥しなさっている。

源氏の玉鬘への思いは募るばかりで、父親がわりとして、しかるべき相手を選ばねばならぬという気持の一方で、日に日に魅力を増してゆく彼女を、むざむざ人に渡してしまうのは惜しいという思いがせめぎ合っている。その夜も、涼しげな遣水のほとりに篝火を焚かせて「いとすゞしく、をかしき程なるひかりに」玉鬘を眺めて、「見るにかひあり」と楽しんでいる源氏である。

あの五月雨の頃の螢火と言い、この篝火と言い、源氏は季節に応じてさまざまに趣向をこらして玉鬘に光をあて、その効果を楽しんでいるようだ。いや、見ているだけではなく、この夜は「御髪《ぐし》の手あたりなど、いと、ひやゝかに、あてはかなる心地して」とあるので、髪を撫でて、その冷やかな感触をも楽しんでいるようだ。玉鬘の方は源氏のそんな態度に身を固くして、恥しいと思っている様子。それがまたとても可愛らしく、いよいよ帰り難い。

「たえず人さぶらひて、ともしつけよ。夏の、月なき程は、庭の光なき、いと、物むつかしく、おぼつかなしや」。

源氏のこの言葉は、立秋は過ぎてもまだ暑い夜であることを物語っていよう。また、月のない頃は庭に光がないと何か気味悪くて心細い、と言う言葉の裏に、玉鬘の母である夕顔が死んだ闇夜の記憶を読み取るのは、深読みに過ぎようか。秋の初風が涼しく吹いたとは言え、まだまだ暑さの衰えない頃である。この夜、源氏が玉鬘に思いを訴えた言葉の中にも、くすぶる蚊遣火ではないが、苦しい下燃えなのだよ、という喩えが使われている。

ここのくだりは秋の言葉と夏の言葉とが混在しており、まさに季節のゆきあいの様を呈している。秋の初めの季節の実感がそのまま表れた結果と見ていいだろう。

そこへ夕霧と柏木兄弟が合奏する音が夜風に乗って聞えて来る。柏木の笛の音は格別である。「風の音、秋になりにけり」と聞えた笛の音に、源氏は一緒に合奏したくなって彼らを呼び寄せる。これは「秋風楽」を吹いていたことを表しているのであって、言うまでもなく、

秋来ぬと目にはさやかに見えねども風の音にぞおどろかれぬる　藤原敏行

の歌の心をふまえている。この歌の通りに、目に見えるものはすべて夏の名残をとどめているが、風の音というささやかなものに、秋の訪れを感じ取っていたのだ。

若者達の合奏に源氏の和琴が加わった。柏木の弟の弁の少将が忍びやかに謡う声は「すゞ虫にまがひたり」と聞きなされている。荻の声、風の音、鈴虫かと思われる美声……。どうやら王朝びとは聴覚でいちはやく秋を感受したものらしい。

その年、大きな台風が都を襲った。大木の枝が折れ、御殿の瓦が一枚も残らぬほどの強風が吹きまくり、左大臣家の大宮（夕霧の祖母）をして、この年になるまでこんなひどい野分には

会ったことがない、と言わしめるほど猛威をふるった。その強風の最中、十五歳の夕霧は、東の御殿の渡殿から紫の上の姿を初めて目にする。

源氏は、我が子といえども他の男性に、愛妻の紫の上を見せることは決してなかった。たとえ義理の母親であっても、美しい年上の女性に魅せられる男の本性と危険性を、誰よりもよく知っていたからだ。几帳や屏風や御簾などで幾重にも囲み、更に格子窓を下し、妻戸を閉めて、人目に触れることのないよう十分に気を配っていたはずだった。

だがその日、源氏が明石の姫君のところに行っている間に、たまたま格子が上げてあるところへ夕霧が通りかかった。強風のため、屏風はすべて畳んで片付けてあり、御簾が吹き上げられていた。この垣間見の場面、昔、十代の源氏が北山で初めて若紫を見出した時と並んで、印象的である。

見とほしあらはなる、廂の御座《おまし》にゐ給へる人、ものにまぎるべくもあらず、気高く、清らに、さと匂ふ心ちして、春のあけぼの、霞の間《ま》より、おもしろきかば桜の咲きみだれたるを見る心地す。あぢきなく、見たてまつるわが顔にも、うつりくるやうに、愛敬は匂ひちりて、またなくめづらしき、人の御さまなり。

六条院の季節は秋であるはずなのに、また、野分の大風が吹きまくっている最中だというのに、ここの場面だけは春の光に満ち、春の楽が聞こえて来るようではないか。紫の上のきわ立った美貌の輝きが、見ている夕霧の顔にもふりかかって来るようだという賛辞は、最上のものである。やはり紫の上は、美人の代表、桜の花に喩えられる春の精なのである。

では秋の精のような秋好む中宮の御殿は、この野分の中どうなったことだろう。源氏はお見舞の手紙を夕霧にことづける。夕霧が秋の御殿に歩み入ろうとすると、まだ朝ぼらけの頃なので見る人もいないだろうと、若い女房たちが御簾を巻き上げて心を許して高欄に倚りかかっているのが見える。野分で夜通し眠れなかったものだろう。

童べ、おろさせ給ひて、虫の籠どもに、露飼はせ給ふなりけり。紫苑・撫子、こき薄き衵《あこめ》どもに、女郎花の汗衫《かざみ》などやうの、時にあひたるさまにて、四五人つれて、こゝかしこの草むらによりて、色々の籠どもを持てさまよひ、撫子などの、いとあはれげに吹き散らさるゝ枝ども、取りもてまゐる、霧のまよひは、いと、艶にぞみえける。

秋の庭では女の童を下して、虫籠を持たせて露をおやりになっているところだった。季節にふさわしい装いの童女たちが連れ立って、庭中をさまよいながら、昨夜の風に吹き散らされた撫子の枝などを持って来る姿が朝霧にまぎれて、実に艶に見える。

六条院の秋の庭の情趣を、野分の翌朝という時を選んで描いている点に、日本人ならではの美意識を見る思いがする。人間の手によって構築された庭園であったなら、台風の翌朝は目もあてられない無残な状態ということになるだろう。だが、自然のありようをそのまま庭に再現した前栽では、野を分けて吹き過ぎる大風もまた、秋の風情として受け入れていたのである。吹き散らされた撫子に「あはれ」を見る感受性は、ひとり紫式部だけのものではない。「枕草子」にも、「野分のまたの日こそ、いみじうあはれにをかしけれ」と書き起し、前栽の萩や女郎花などが乱れ伏している趣を言い止めた段がある。

ところで、「源氏物語」巻々の名は、絵画や香道などをはじめとして、日本の様々な文化や意匠に取り入れられて来たが、江戸時代に始まった遊戯投扇興の決まり手もそのひとつ。扇と的の落ちた形を五十四帖に見たてているのだが、「野分」は的を支える台そのものまで倒れてしまった場合を言うのだそうだ。

十五夜——須磨の春秋

月、いと花やかにさし出でたるに、「今夜《よひ》は十五夜なりけり」とおぼし出でゝ、殿上の御遊び恋しう、「所々、ながめ給ふらんかし」と思ひやりたまふにつけても、月のかほのみ、まぼられ給ふ。

須磨の巻のこの一節は、源氏物語の冒頭文に継ぐ有名な箇所と言えよう。紫式部はこの一文から長篇を書き起したのだという説もある。それほど印象的な場面だ。

須磨の淋しい秋を知った源氏に、今しものぼった月がはなやかに光を投げかける。その月を見てはじめて今宵が十五夜であったことに気づいた。遠い都の女君たちも、この月を眺めているだろうと思うと、月の顔から目が離せない。

この夜源氏は二篇の漢詩の言葉を口ずさむ。一篇は白氏文集の詩で、仲秋の名月を眺めつつ遠い旧友の心を思いやる「二千里の外《ほか》故人の心」。

いまひとつは、菅原道真が配流《はいる》の地太宰府で詠んだ、秋思の詩篇の言葉「恩賜の御衣は今こゝにあり」。源氏も同じように帝から賜った御衣を身から離さず、過ぎし日を思い出しているのだった。

この二篇の漢詩は、当時の貴族の教養の一部として誰もが知っていたものだが、これを須磨の地で口ずさんだことに深い意味があるのだ。都にいた時は、想像していたにすぎなかった詩の本情を、須磨における辛い生活によって、体験として知ったのである。源氏物語の魅力は、まさにこの点にある。

帝の息子として生を享けた光源氏が、美貌と才能に恵まれた類《たぐい》まれな存在であるというだけなら、この魅力には限りがある。彼の人生は、須磨の春秋を知ったことで、ますます陰翳を深め、情を増したのである。

父の桐壺院が健在だった頃、十五夜の月の宴には管弦の遊びをしたものだった。人々の注目を一身に集めていた頃を思い出して、この夜の源氏は「涙もとどめられず」。さらに父亡き後の月夜に、藤壺と交わした歌などが次々に思い出されて「よゝと泣かれ給ふ」。

名月のもとで大の男が声を出して泣く場面である。懐旧の念、恋人への情、失意の嘆き、或いは怒り……さまざまの涙で源氏の袖は右も左も濡れそぼつ。この涙こそが、のちの光源氏を男としてますます大きく育てたのである。

雁——旅の空とぶ声

雁《がん》はユーラシア大陸や北米大陸の北部で繁殖し、秋になると日本にやって来る渡り鳥だ。その鳴き声から「かり」とも呼ばれ、古来人々に親しまれて来た。数羽ずつ連なって飛ぶ姿に特色があり、鉤《かぎ》のようになったり、棹のようになったりする。

近年は数が減って、昔の人達ほど目にすることはなくなったが、今でも都会の秋空を斜めに並んで飛ぶ姿を、まれに見かけることがある。

光源氏が雁の声をしみじみと聞いたのは、須磨に移り住んだ秋のことだった。海は少し遠いけれど、夜になると波音が近々と聞える侘《わ》びずまいに、わずかのお供と暮らす日々。

「またなくあはれなるものは、かゝる所の秋なりけり」

とは、都の生活しか知らなかった二十六歳の源氏の、心底からの実感であろう。

自分は都の暮しの中で秋の情趣を知ったつもりでいたが、またとないほど寂しいのは、こういう所の秋であったのだ、と、真夜中に一人目を覚まして枕をそばだてて四方の嵐を聴く源氏であった。

前栽《せんざい》の秋草が咲き乱れ、しっとりとした夕暮に、海の見える廊に佇んでいると、雁が列をなして飛んで行くのが見える。その声が船の梶《かじ》の音によく似ていると聞くにつけても、涙がこぼれる。

はつかりは恋しき人のつらなれや旅のそらとぶこゑのかなしき

「つら」は連れとか仲間の意味。遠い都に残して来た人を思いつつ、初雁に呼びかけるように詠うこの歌は、現代の私たちの心にもいとやさしく届く。雁《かり》が音《ね》に自分の悲しみを聞いた源氏の思いが、素直に吐露されているからだろう。

この歌に共鳴するごとく、お供の人々も雁の歌をそれぞれに詠み、心を慰めるのであった。

こうして日本で越冬した雁は、春になると北の国へ帰ってゆく。源氏のよきライバル頭の中将が、はるばる須磨に訪ねて来てくれたのは、そんな季節のことだった。一晩中語り明かした二人は、朝ぼらけの空に雁が列をなして飛ぶのを見た。友を見送る源氏は、帰る雁に託してこう詠んだ。

故郷《ふるさと》をいづれの春か行きて見むうらやましきはかへるかりがね

月――月光を招くごとく

須磨で一年を過ごした源氏は、夢のお告げに導かれるように明石へと移り住む。その地に大邸宅を構える明石の入道は、大臣家の出身でありながら都での栄達をあきらめ、一人娘に将来を賭けて、住吉明神に日夜祈って暮らしていた。

そこへ都から願ってもない高貴の人が流れて来たわけである。この機をのがさじと、入道は源氏を手厚くもてなす。娘の存在を知った源氏は、心細いひとり寝の慰めになろうかと、琴の名手であるという娘に興味を持つ。

しかし、入道が望んでいるのは、そんなかりそめの縁ではない。田舎暮しはしていても、誇り高い父と娘であった。入道が用意した二人の出会いは、仲秋の名月には二日はやい十三日の夜だった。

月がはなやかにさしのぼった頃、入道は源氏に

「あたら夜の」

とだけ申し上げた。これは、

あたら夜の月と花とを同じくは心知られむ人に見せばや

という古歌をふまえたメッセージで、惜しい月と花を、同じことなら風情のわかる人にお見せしたいものだ。とほのめかしたのである。大事に育ててきた娘を、花に喩えているのは言うまでもない。

その心を汲み取った源氏は、身づくろいをして、夜更《よふけ》を待って出かけた。岡の上へ向かうのに選んだ乗り物は月毛の馬である。すでに高くのぼった月の光に照らされて、入江の道を辿る源氏。四方の浦々を見渡しながら、今宵はじめて逢う女性への期待に胸をふくらませて——物語の中でも最も美しい場面のひとつだ。

岡の木深いところに数奇《すき》をこらして建てられた家で、娘は琴を爪弾《つまび》いていた。前栽《せんざい》には虫が声を尽して鳴いている。そして、月光を招き入れるがごとく、木戸がほんの少し開けてある。今まで誰の目にも触れさせなかった花を、源氏だけに見てもらいたいと、月光とともに招じ入れたのである。

十三日の月は、十五夜をひかえてほぼ満月に近い形。それは入道の長年の夢が満たされる寸前の形とも言えよう。望み通り明石の君は身ごもり、源氏と末長い縁を結んだのであった。

秋の夕暮——春秋のさだめ

六条御息所《みやすんどころ》の死後、その遺言に従って源氏は彼女の娘の後見人となり、帝の後宮に入内《じゆだい》させた。梅壺の女御《にょうご》と呼ばれるようになった前斎宮も今年二十三歳。帝の寵愛を得て幸せに暮らしている。

ある秋の一日、雨が静かに降る午後、二条院に里下りしていた女御のもとに、源氏がやって来た。

「前栽の秋草も残りなく咲きほころびましたね。今年は何の興味もない年ですが、草の花は満ち足りた様子で、時を知っている風に咲いていているのも心惹かれます」。

源氏は季節の情趣を知るこまやかな心の持ち主であることが、こんな言葉から窺える。こんな日は亡き人のことなどがしきりに思い出される。女御の母である六条御息所のことなども、しみじみと思い出されて語る。その言葉の裏にはその春亡くなった藤壺追慕の情も流れていよう。ひとつの大きな恋の終りを自覚した源氏は、季節の情趣を取り集める夢を語り始める。

年の内ゆきかはる時どきの花・紅葉、空の気色につけても、心のゆく事も、し侍りにしがな。春の花の林、秋の野のさかりを、とりぐ〳〵に、人争ひ侍りける。そのろう（論）の、「げに」と、心よるばかり、あらはなる定めこそ、侍らざなれ、唐土《もろこし》には、「春の花の錦にしくものなし」といひ侍るめり。大和言の葉には、秋のあはれを、とりたてて思へり。いづれも、時〳〵につけて見給ふるに、目移りて、えこそ、花・鳥の色をも音をも、わきまへ侍らね。狭き垣根のうちなりとも、その折の心、見知るばかり、春の花の木をも植ゑわたし、秋の草をも掘り移して、いたづらなる野辺の虫をも住ませて「人に御覧ぜさせん」と、思ひ給ふるを。いづかたにか、御心寄せ、侍るべからん。

移り変わりゆく四季の花や紅葉、空の様子を存分に楽しみたいものです。春の木の花、秋の野の花について昔から論争していますが、はっきりした定めはないようです。大陸では春の花の錦を、和歌では秋のあわれを取りたてて言いますが、その時々に目移りしてとても定め難いものです。私は狭い庭に季節ごとのおもしろみがわかるように花の木を植え、秋草を掘り移して、野辺の虫を住まわせ、あなたにもご覧に入れたいのだが、春と秋のどちらに心を寄せていらっしゃいますか。

何とこまやかで優美な申し出であろう。親代りとしてあなたには最高の贅沢をさせたい、という源氏の愛情の深さと豊かさを見る思いがする。帝の後宮に入った女御は、出来る限りの物質的贅沢が保証されていることは言うまでもない。衣装も、小物も、調度も、絵も――。この上は季節の折々の趣を存分に味わえる庭を造ろうというわけだ。そしてあなたの最も好きな季節の庭を差し上げようというのだ。

この時答えた
「秋の夕暮れが、亡き母の露のゆかりとして心惹かれます」

という言葉によって、斎宮の女御は後に「秋好む中宮」と呼ばれるようになる。

源氏は女御が秋に心を寄せるのもおもしろいと思うし、紫の上が春の曙に執心するのももっともだと思う。春秋の木の花、草の花を楽しみつつ、音楽会などをしたいと夢見る源氏は、ことさらどの季節に執着を覚えるわけでもなく、四季それぞれの情趣を自分のものにしたいのだ。それは、それぞれの魅力に満ちた女性たちを我がものとしたい、源氏の本質的な性向と言えようか。


春秋のさだめというと思い出されるのは「万葉集」の額田王の歌である。天智天皇が藤原鎌足に詔《みことのり》して、春山の万花の艶《におい》と秋山の千葉の彩とを競わせた折、

冬ごもり　春さり来れば　鳴かざりし　鳥も来鳴きぬ　咲かざりし　花も咲けれど
山を茂み　入りて取らず　草深み取りても見ず　秋山の　木の葉を見ては　黄葉をば
取りてそしのふ　青きをば　置きてそ歎く　そこし恨めし　秋山われは

と、秋山に軍配を上げた。

しかし「万葉集」には残らなかったが、当然、春山の万花の素晴しさを讃えた歌もあったわけで、昔から日本人は春秋の趣を数え上げ、讃え、歌い上げて来たものだった。文学の始まりから春秋に関心を示した民族であることは、「古事記」の春山之霞壮夫《をとこ》と秋山之下氷《したび》壮夫《をとこ》の話を見てもわかる。

源氏の言葉通り、王朝人たちは春秋の趣のいずれがまさっているかを論じ、歌に詠み、絵に描き、文章に綴っていた。それを我が邸内に再現しようという夢は、やがて六条院の建築によって実現することになる。

のちになって源氏が息子の夕霧と音楽を論じながら「春秋のさだめ」をする場面がある。もののあはわれを解する青年となった夕霧は、

「音の美しさが増すのは朧月夜よりも、虫が声をあわせる秋の夜だね」

と言う父に対して、明確に意見を述べる。

「秋の夜は琴や笛の音も澄んで聞えますが、わざわざ音楽に合わせて作ったような空の様子や、花の露につい目移りがして、最上とは申せません。春の空の霞の間から見える月の光に、静かに笛を吹き合わせる趣にはかなわないでしょう。女は春をあわれむ、と昔の人が言っておりま

すが、やさしく音楽の調和がとれるのは春の夕暮が格別です」。

この時も源氏は、

「この定めは昔から人々が判断しかねたことだから、末世の我々ごときが結論を出すべきではない」

と、春秋どちらかに軍配をあげることは避けている。様々な女性の美点を見出し、その魅力に心を寄せる色好みの面目躍如たるところと言えようか。その色好みゆえに源氏は晩年苦しみ、人生の因果を思い知ることにもなるのである。

鈴虫——女三の宮のために

不義の子薫を生んだ直後に、二十二、三の若さで剃髪してしまった女三の宮のために、夫として源氏はできる限りのことをしてあげた。三条の宮を増築し、日々の生活から財産管理まで、何の心配もなく暮らしてゆけるよう、至れり尽せりの配慮である。

しかし、女三の宮にとっては、それがかえってつらい。よそ目には以前と変わらぬ扱いをされながら、心の中では柏木との不祥事を許してくれないことが、はっきりわかるからだ。出家を機に山寺にでも住み、源氏と顔を合わせずにすむような境遇を望んでいたのだが、それでは光源氏の体面は丸つぶれだ。さまざまの思惑を胸に秘めながら、運命の皮肉に耐え、表面上は穏やかに優美に、わが世の秩序を保つ四十八歳の源氏は、男として揺るぎない存在に成長していた。

新たに造った女三の宮の庭は、秋の野を再現してある。そこにたくさんの虫を放して、鳴く音を楽しむために源氏はしばしば訪れる。経を誦《ず》す女三の宮のかたわらで、

「虫の音《ね》がとても乱れる今宵だな」

と、聴き入る源氏。

澄んだ虫の音に耳を傾ける王朝人は、その音色に自分の思いを重ねてもいたのだ。その血は現代の私たちにも継がれている。これは虫の声を単なる雑音と聞く西洋人には理解し難いことかも知れない。

その夜源氏は松虫と鈴虫とを比べて語った。

「野の松虫を庭に放っても、野原で鳴く音を聞かせてくれるのは少ないようだ。〝待つ〟という名があるのにあまり長生きせず、へだて心のある虫なのだな。それに比べて鈴虫は心やすく、にぎやかに鳴くのがかわいい」。

古語辞典には松虫と鈴虫の呼び名が昔と今では逆である、と書いてある。しかし現在鈴虫は籠飼《こがい》のものもリーンリーンとにぎやかに鳴き、松虫のチンチロリンと鳴く声は野原でもめったに聞かない。源氏の言葉がこのまま素直に聞けるのだが、いったいいつ頃入れ変わったというのだろうか。

世を捨てたはずの女三の宮が

おほかたの秋をば憂しと知りにしをふり捨てがたきすゞ虫の声

と詠《うた》うのを聞き、源氏は

心もて草のやどりをいとへどもなほ鈴虫の声ぞふりせぬ

と応じ、あい変わらず美しいお声ですね、とやさしさを示すのであった。

秋風——紫の上昇天

秋待ちつけて、世の中、すこし涼しくなりては、御心ちも、いさゝか、さわやぐやうなれど、なほ、ともすれば、かごとがまし。さるは、身にしむ許《ばかり》おぼさるるべき秋風ならねど、露けき折がちにて、すぐし給ふ。

夏の暑い盛りに幾度か消え入りそうになった紫の上の病状に、一喜一憂して来た者にとっては、いかにもほっとするくだりである。心地よい季節の言葉に満ちている。待ちに待った秋がやって来たのだ。だがその秋は、永遠の別れが待ち受けていた秋でもあった。

「風、すごく吹き出たる夕暮に」病み細った紫の上は脇息に寄りかかって、二条院の前栽《せんざい》をご覧になっている。そこへ源氏がやって来て、気分がよさそうですね、と、つかの間のやすらぎを喜ぶが、死期を悟った紫の上は、風の中の秋草に目をあてたまま、こう詠み残した。

おくと見る程ぞはかなきともすれば風に乱るゝ萩の上露

こうして起きているのも、ほんのしばらくの間のこと、と、我が身を風に乱れる萩に置く露になぞらえて、源氏に別れを告げたのだ。

やゝもせば消えを争ふ露の世におくれ先だつ程へずもがな

露のようにはかない命なら、せめて一緒に消えたいものと応じた源氏は、流れる涙を拭くこともなさらない。これが二人の最後の相聞となった。

その直後、紫の上は「まことに、消えゆく露の心地して」夜を徹しての祈祷のかいもなく、「明け果つるほどに、消えはて給ひぬ」。

四十三歳だった。

紫の上の死は八月十四日、葬送は十五日の暁のことだったのに、源氏はただただ涙にくれて、月が出ていたかどうかも覚えていないほどであった。世にも稀な理想の女性紫の上は、十五夜の月とともに昇天したのである。あのかぐや姫のように。

紅葉——青春最後の輝き

秋は別れや愁嘆の季節というだけではない。草や木の葉が美しく染まり、天高く爽やかな時候でもある。若き日の光源氏の最も晴れがましい一日は、十八歳の年の紅葉が華やかな頃として描かれている。

その年、桐壺帝は上皇の紅葉の賀の宴のため、朱雀院に行幸《みゆき》されることになった。当日は数々の催しが予定されていたが、そのためのリハーサルが宮中で行われた。当日参列できない藤壺のために、帝が特別に取り計らったことだった。

源氏は頭の中将を相手に青海波《せいがいは》を舞った。夕日のさやかな光の中で袖をひるがえして舞う姿は、この世のものとも思えぬほど美しい。舞いながら詠唱する段になると、その美声は極楽の鳥迦陵頻伽《かりようびんが》のさえずりかとも聞える。帝をはじめ公卿や皇子たちも感涙にむせぶのだった。

源氏をよからず思っている弘徽殿《こきでん》の女御《にようご》さえ、

「神などが天から魅入りそうな姿だわ。不吉なこと」

と、思わず口走ったものだ。その晴れ姿を簾中《れんちゆう》から見つめていた藤壺は、大それた思いがなかったらどんなに素晴らしく見えただろうと、人知れず嘆息を洩らす。この時彼女は源氏の子を身ごもっていたのだった。

さて、いよいよ本番の日、朱雀院の池には龍頭鷁首《りゆうとうげきしゆ》の船が浮かべられ、楽器の名手たちが乗り込んだ。一日中妙なるしらべが奏でられ、さまざまの舞が披露された。

中でも紅葉の木陰で四十人もの楽人が演奏する楽の音に乗って、色とりどりに散りかかる木の葉を浴びつつ、青海波の舞が輝き出た時は、一同そのおそろしいまでの美しさに息をのんだ。源氏の挿頭《かざし》の紅葉が、顔の輝きに圧倒されたようにほとんど散ってしまったのを見て、左大将が菊を手折《たお》ってさしかえた。そんなこともこの日の舞に花を添えることになる。彩を増した菊をかざして、今日はさらに舞の手を尽す源氏。日暮近く、ほんの少し時雨《しぐれ》が降りかかる。空も感動を抑えきれなかったかのごとくに。

この日の紅葉の下の晴れ姿は、人々の瞼に鮮やかに焼きつけられた。それは源氏の青春時代の最後の輝きをも意味していた。

菊――六条院の栄誉の一日

あの朱雀院《すざくいん》の紅葉の賀から約二十年、みずからの四十《よそじ》の賀を目前にした光源氏は、上皇の待遇という、家臣としては最高の位を授かった。娘の明石の姫君を入内《じゅだい》させ、名実ともにゆるぎない地位を手に入れた。まさに実りの秋を迎えたというわけである。

私生活では六条院という四季の御殿を宰領し、魅力的な女性達に囲まれて、夢のような日々を過ごしていた。

その六条院に、時の帝と上皇が揃っておいでになるという栄誉に輝く一日があった。折しも庭の紅葉が最も照り映える頃のことである。源氏は数々の趣向をこらして、盛大にお迎えするのであった。

午前中は馬場に馬をずらりと並べて儀式を行い、午後は池に船を浮かべ、鵜飼いによって得た魚をその場で調理させ、北野の鷹狩でとらえたつがいの鳥とともに饗した。御馳走に慣れている親王や公家たちも、目先の変わった宴に大満足。心地よく酔いがまわった夕暮時には音楽会も始まった。

その楽《がく》の音に合わせて優美な舞を舞って、帝から特別のごほうびを賜った十歳くらいの男の子がいた。この子は源氏の長年のライバルであった頭の中将の息子である。かつての頭の中将も今は太政大臣に昇進し、愛娘《まな》の雲井の雁は源氏の長男夕霧と結ばれている。

少年の舞に帝が御衣を脱いで与えるという光栄に浴して、父の太政大臣はお礼の意を表して庭に下り、両袖を振って舞った。その姿に源氏の胸中には二十年前の青海波《せいがいは》が甦ったのであろう。庭の菊を手折《たお》らせて、彼に詠みかける。

色まさるまがきの菊もをり〳〵に袖うちかけし秋を恋ふらし

菊の花は平安時代初期に中国から渡って来たものだという。当時の人々は舶来の珍しい花として鑑賞していた。大臣も菊の花の歌を詠み返す。

むらさきの雲にまがへる菊の花にごりなき夜の星かとぞ見る

尊い紫雲と見紛《まが》う菊の花に源氏を喩え、天上に輝く星と讃えるこの歌は、栄華の絶頂にある源氏への手放しの讃歌と言えよう。若かりし頃からのお互いの歳月を思うにつけ、やはり光源氏こそ最高の男性と男が認めた歌である。

鹿——我が身を嘆く落葉の宮

恋しい女三の宮の身代りに、その姉と結婚した柏木は、何故落葉を拾ってしまったのだろうと嘆きの歌を詠んだ。この歌から「落葉の宮」と呼ばれるようになった気の毒な女二の宮は、柏木の臨終にも会えぬまま淋しい境遇となってしまった。

柏木から死後のことを託された夕霧は、親友の未亡人を慰問するうち、この幸薄く頼りなげな女性に心惹かれてゆくのだった。秋も深まった頃、もののけに悩まされる母とともに小野の山荘に滞在している落葉の宮を、夕霧がはるばる訪ねて行く場面がある。

山から吹き下す風に木の葉や葛の葉があわただしく散りかかり、山里には人の気配がほとんどない。鹿が山から下りて来て、籬《まがき》のもとに佇んでいる。色濃く実った稲の中に立ち交り、悲しげに鳴いている。

鹿は一年中見かける動物ではあるが、恋の季節は秋。妻を求めて鳴く声が、肌寒さを覚える頃の山気を震わせて、いとも哀切に響く。この声を聞くと人々は秋の深まりと淋しさを実感していたのだ。

分け入るに従って草むらの虫も鳴き弱り、枯草の下から龍胆《りんどう》の花が色濃く露をためている。こんなに淋しい山里に、病みがちの母親により添って暮らす落葉の宮を思いやるにつけても、夕霧の情は募る。

小野の篠原をはるばる分け来て、私も鹿のように声を惜しまず泣いています。この上は私を頼っていただきたいと、誠意を尽して口説く夕霧。父の源氏に似ず、若い頃から謹厳実直だった夕霧が、中年に至って落ちた恋だった。

今は七人の子供の母親になって、どっしり落ち着いた雲井の雁も、最近の夫の行動に不審を抱く。意味ありげな文《ふみ》を読もうとしていた夫の後ろに忍び寄り、さっとひったくってしまった。それは夕霧との仲を心配した落葉の宮の母からの手紙だった。返事をくれない夕霧の誠意を疑った母は、絶望のうちに急逝してしまう。

夫にも母親にも先立たれてしまった落葉の宮は、不本意ながらも夕霧の援助にすがらねばならない我が身を嘆きつつ、夜な夜な鹿の声を聞いたことだろう。山里の秋にいっそう哀れを添えるその鳴き声を。

霧——老女が語る出生秘話

光源氏の息子の薫は、色好みだった父親に似ず、女性よりも仏に憧れを抱く謹厳実直な青年に成長した。それもそのはず、彼は源氏のまことの息子ではなく、若くして亡くなった柏木の忘れ形見であったのだ。

母親の女三の宮は、薫がもの心ついた時には尼姿であった。そんな事情を考え合せると、少年時代から仏道を志す性向も無理からぬことかも知れない。

二十二歳になっても妻を持たず、最近通いつめている所と言えば宇治に隠棲する八の宮のもと。二人の娘を育てながら聖《ひじり》のような生活をしている宮の生き方に、心惹かれるものがあるのだ。

秋の終りのある日、霧に濡れながら宇治にやって来た薫は、八の宮の二人の姫君が琴を弾く姿を垣間見る。夜霧がたちこめた宇治川のほとりに、折しも月が顔を覗かせた一瞬のことであった。それは薫の苦しくも一途な恋の始まりでもあった。

その夜、薫の応対に出た老女房は、この憂愁の貴公子の身体から漂う不思議な芳香に、突如泣き出し、問わず語りに昔のことを語り始めた。この老女は柏木の乳母の娘にあたる者で、ぜひ薫の耳に入れねばならぬ仔細があると言う。

「もしお聞きになりたければ、人目のない折にあらためて」

と言いさして引き下がった。

明け方、宇治を去る薫を包む深い霧は、山里に美しい姫君を見出した青年の恋の行方を暗示するばかりでなく、出生に不安を抱く薫の胸中のもやもやでもあるようだ。

老女の謎の言葉に引かれるように、薫は冬の初めにまた宇治を訪れる。やっと二人きりで会えた老女は、今まで胸に秘めていた柏木臨終の時の様子を泣く泣く語り始めた。

自分の出生に不審を抱いていた薫は、かねてから仏様に

「このことを、さだかに知らせ給へ」

と念じ続けて来たのだ。今、その願いが叶って、自分が生まれた時のことをよく覚えている老女の口から、「夢のやうにあはれなる昔語り」を聞き、涙をおさえきれない。

柏木が書き残した最後の恋文は、二十年以上もの歳月を隔てて、小さく巻かれた黴《かび》臭い反故《ほご》となって、あの時の赤ん坊、薫の手に渡ったのであった。

芒——穂に出ぬもの思い

宇治十帖に登場する中の君は、男の愛を受け入れぬまま世を去った姉の大君とは対照的に素直に男に甘える術を知っていた愛らしい女性だった。

父の八の宮にも姉にも先立たれてしまった彼女は、匂宮と結ばれて二条院に引き取られる。そして身ごもる。幸せの絶頂であるはずの耳に入って来たのは、匂宮と夕霧の愛娘との結婚だった。当然宮の訪れは間遠となる。

男の甘い言葉に誘われて宇治を離れてはならぬという父の遺言に背いて、都へ来てしまったことを悔い、男の愛を信じなかった姉がやはり正しかったのだと嘆く中の君。故郷が恋しくなった彼女は、大君亡き後も変わらぬ誠意を示してくれる薫に、宇治へ連れて行ってと頼む。匂宮に裏切られた今、薫が最も信頼できる男性だったのだ。

しかし、薫にしてみれば単純には喜べない。中の君は恋しい人の面影を最も伝える形代《かたしろ》のようなひと。しかも大君は私の代わりに妹を愛して、と言い遺して逝ったのだ。それを何故匂宮に譲ってしまったのだろう。薫の煩悶は深い。

荒れ果てた宇治の屋敷を改修して、お堂を造ろうと計画した薫は、山の紅葉に文を結んで中の君に送った。それはちょうど来合わせていた匂宮の目にとまった。何気ない時候の挨拶にすぎない文面に、かえって薫の配慮を感じた匂宮は、心中穏やかでない。

枯れがれになった前栽《せんざい》の中に芒《すすき》がひときわ高く吹かれ、手をさし出して招いているように見

える。その芒にことよせて、

「穂に出ぬもの思いをしているらしいね、芒がしきりに手招きしているよ」

と戯れのように妬心をほのめかす。

平安時代の昔から人々は、都のまん中の庭にも秋草を移し植え、それが枯れてゆく様をもしみじみと眺めていた。盛りも楽しむが、衰えゆくあわれも捨て難いというのが、日本人の古来の作庭の美意識である。


秋はつる野辺の気色も篠すゝきほのめく風につけてこそ知れ

この庭の芒に稀にしか訪れない風（あなた）につけても、秋の終りの野辺の景色が思われます、と詠んで、中の君は泣く。あの淋しい宇治よりも荒寥たる秋風を、心の中に聞いていたのだ。

時雨――死別の後に募る思い

正妻葵《あおい》の上の死後四十九日間、源氏は喪に籠って亡き人との縁をしみじみと思い返していた。若き日の源氏は、美しく育ちのよい年上の正妻をややけむたく思って、恋の冒険に浮き身をやつしていたが、男児誕生直後、はじめていとしさを覚え、幼い夫婦はやっと心を通わし合ったのだった。

その喜びも束の間、葵の上は急死してしまう。十二歳で元服した時に添わせられた彼女との仲は、親たちに用意された結婚だった。しかし死別ののちに思いが募るという、稀有にして皮肉な仲でもあった。

時雨が降って「物あはれなる」夕暮時、葵の上の兄の頭の中将がやって来た。源氏は高欄にもたれて霜枯れの前栽《せんざい》を眺めているところだった。風が荒く吹いて、時雨がさっと降りかかる。それはあたかも亡き人を偲ぶ涙と競うかのようだ。

「雨となり雲とやなりにけむ、今は知らず」

と、源氏は思わず独り言を洩らす。頬杖をついて亡き妻を慕う姿は、死者の魂もこの世にとどまるだろうと思えるほど魅力的だ。

雨となりしぐるゝ空のうき雲をいづれの方とわきてながめむ

時雨を降らす浮雲のいずれを、亡き妹として眺めよう、と詠み、追慕の情を分かちあう中将。

見し人の雨となりにし雲井さへいとゞ時雨にかきくらすころ

愛した妻がのぼって行った空までが、いっそう雨と涙で暗くなると、源氏も時雨に寄せて思いを述べる。

晩秋から初冬にかけて、京都盆地には日が射していても、山から時雨が降りかかることがある。そんな日は急に寒さを覚え、人々はひとつの季節の終りを身をもって実感する。

その時雨の空の色をした紙を選んで、源氏は今日の思いをしたためて朝顔の宮へも送る。もの思う秋は何度も経験したが、とりわけこの夕暮は袖が涙で濡れることよ。いつも時雨は降るものを——と書き添えて。

しかし、いつまでもふさぎこんでばかりはいられない。いよいよ今日は御所へ参上しようという日、葵の上の親元、左大臣一族の心を知るかのように、空はまたもやしぐれるのだった。

霞——若紫略奪《わかむらさきりゃくだつ》

美男で美声で教養があり、かおり良い香を焚きしめ、舞も琴もほれぼれするほど上手だった光源氏は、いわゆる優男《やさおとこ》の代表と言えるが、その優雅なふるまいに似ず、荒々しいまでに迅速で強引な行動に出たことがあった。

十八の年の春、北山で美少女を見出した源氏は、その日のうちにその子のお世話役を申し出た。生まれてすぐに母と死別し、病身の祖母にひきとられていた女の子は、永遠の恋人藤壺にそっくりだったのである。

しかし何と言ってもまだ十歳のあどけない子供。どういうつもりで源氏がご執心なのか、祖母の尼君も乳母もとまどうばかりだった。お断りし続けているうちに、尼君は亡くなってしまった。残された姫君は、荒れ果てた京の屋敷に乳母とわずかな女房達とともに日々を送ることになった。

そこを源氏が訪れたのは霰《あられ》がはげしく降る夜のことだった。こんな淋しいところで、亡き人を慕って泣き暮らしている現状を目にして、源氏はそのまま帰れない。乳母たちがあきれるのもかまわず、「いと美しき御肌つきも、そゞろ寒げに」わなないている若紫を、衣でおし包むようにして添寝する。

この時の源氏のくどき文句が、

「いざ給へよ、をかしき絵など多く、雛《ひひな》遊びなどする所に」

というのだから何ともほほえましい。おもしろい絵などもたくさんあって、お人形遊びなどする私の家にいらっしゃいな、と誘うとは、恋人というよりはむしろ保護者の気分である。霰の音と夜通しの風の音に怯えている少女を、自分の手であたためてやり守ってやりたいと思うのは当然のことだろう。この季節背景は心憎いばかりだ。若紫のいたいけな手足の冷たさが、源氏の保護者本能を呼び覚ましたのだ。その愛情は実の父親である兵部卿の宮より強かった。もちろん父親もこの状態をいつまでも続けさせようとは思っていない。自分のもとに引き取って本妻の子供達と一緒に育てようと考え、近いうちに迎えに来ると乳母にも伝えてあった。

それが明日ということを伝え聞いた源氏は、夜更であったにもかかわらず即座に行動に出た。車を乗りつけ、眠っていた姫君を抱き起し、髪をやさしく撫でて

「さあいらっしゃい、お迎えに来ましたよ」

と声をかける。まわりの者たちがあわて騒ぐのをしり目に、

「私の家にお連れするから誰か一人お供せよ」

と、車に抱き乗せた。乳母が引き止めようとすると、

「よし、あとで誰か来ればいい」

とそのまま連れ去る勢い。姫君もおびえて泣き出す。あわてて乳母は縫い上げたばかりの着物をひっさげて、着替えも早々に車に乗りこんだ。いわゆる若紫略奪の一幕である。

亥の子――男君と女君

若紫との新枕――それも冬のことだった。みなし子となった若紫を強引に連れ出したのが霰の降る夜だったことを思い合せると、源氏の保護者的本能が男のそれに変わったのも寒い季節であったのは興味深い。常に若紫と添い寝していた源氏なので、いつから二人が男女の仲になったのかは、側に仕える女房達も「けぢめ見たてまつり分くべき御仲にもあらぬに」といった状態だった。

をとこ君は、とく起き給ひて、女君は、更に起き給はぬ朝あり。

という表現で、二人の仲の新しい形は描かれている。源氏が「をとこ君」と表現され、姫君が「女君」と記されていることは、二人が男女の関係になったことを示している。いつも一緒に寝ていた二人ではあるが、ある朝、男君だけが早く起きて、女君はまだ起きてこないことがあった。一日中衾をひきかぶって返事もしないので、人々はいぶかしむ。

その夜、亥の子餅が届けられた。亥の子餅とは神無月の初めの亥の日に食べる餅のことで、万病を防ぎ、猪の子沢山にあやかって子孫繁栄をもたらすと信じられていた。それを見た源氏は惟光を呼んで、

「この餅をこんなに大げさではなくて、明日の夜さし上げよ」

と命じた。新婚の三日目の夜に二人で食べるしきたりになっていた「三日夜《みかよ》の餅」を暗示したのである。察しのいい惟光は、

「子《ね》の子《こ》の餅はいくつこしらえたらよろしいでしょうか」

と問う。亥の日の次は子の日であるのに掛けて、三日夜の餅であることを確認したのだ。源氏の意を汲んで惟光は内々に用意してこっそりさし上げる。お側に仕える人々は、翌朝下げられた三日夜の餅の箱を目にして、はじめて二人の成婚を知ったのだった。

「亥の子」の行事は、元来田の神への感謝の祭であった。田の神がこの日を最後に田から山へ帰ってゆくと信じられていた。王朝人はすでに田の農耕生活から離れた暮しをしていたにも関らず、こうした行事だけが形の上だけでも受け継がれていたものとみえる。現在でも京都では、亥の子の日を期に炬燵を開くしきたりを守っている家々がある。旧暦十月の初旬のことだから、このあたりから寒さも本格的になる頃である。

氷面鏡——青春時代の終り

源氏の青春に影がさし始めたのは二十三歳の冬、父桐壺院が崩御された頃からだった。悲しみのうちに四十九日の法要も済み、院にゆかりの女御や御息所たちも散り散りに退出する時が来た。ことに寵愛の深かった藤壺とても例外ではない。十二月も二十日のことで、ただでさえ年の暮の陰気な空模様に、雪までちらついてきた。

この物語の冒頭で語られた「いづれの御時《おほん》にか」は、桐壺のみ世だった。その時代に光源氏は生まれ、育ち、様々な恋をし、春秋は巡った。「女御、更衣あまたさぶらひ給ひける」人々も、院の崩御とともに散り散りとなり、春秋を映した水は氷に閉じこめられた。ここに描かれた冬の季節は、そうしたひとつの時代の終りを語るものである。

諒闇の年が明け、除目《じもく》（人事異動）の頃となったが、源氏の門前は院の存命中の賑わいが嘘のよう。世の中の中心は早くも右大臣側に移ってしまったのだ。「今よりは、かくこそは、と思ひやられて、物すさまじくなむ」という源氏の心中は、「枕草子」の「すさまじきもの」の段の「除目につかさ得ぬ人の家」を思い出させる。まつりごとの失意だけではない。密かに関係を続けていた朧月夜の君は、内侍督となり、やがては帝にさし上げようという右大臣側のもくろみである。

院亡きあと、源氏は藤壺への思いを抑えかねて忍び入るが、藤壺の固い拒絶に会う。罪の意識と東宮の将来を守る意志の強さが、藤壺をそうさせたのだ。徹底的に逃げおおせた藤壺に絶望した源氏だったが、それでもまたの折を願う一縷の望みはあった。それさえも絶たれたのは、院の一周忌の直後だった。藤壺は出家してしまう。

この時も季節は冬である。「月はくまなきに、雪の光りあひたる庭の有様」を眺めつつ、源氏は永遠の恋人がもはや手の届かない別の世界へ行ってしまったことを思い知る。出家とは、住む世界を別にすることで、この時代の人々にとっては死別に準じる別れであった。少年時代からの源氏の様々な恋の遍歴は、藤壺への思いゆえであったから、この冬、源氏の青春時代が終ったのである。

正妻の葵の上は死に、六条御息所は伊勢に去り、藤壺は住む世界を異にした。思えば夕顔も、空蟬も、源氏の青春を彩った女性達は皆去って行った。一人若紫を除いては——。

袖の氷——不運のシンデレラ

六条院の若きヒロインとして迎え入れられたはずの玉鬘ではあったが、華やかな絵巻を見るような日常とはうらはらに、その人生の節目の背景となっている季節は冬が多い。源氏の愛情を受けながら、それを受け入れることができず、幸運なシンデレラと見られていたのに意外に不運だった結婚を象徴するかのようである。

玉鬘が六条院に引き取られたのは十月、初冬のことだった。表向きは外腹の娘を見出したということにして、田舎育ちの彼女を立派なレディーに仕立て上げようと、演出をこらしていた源氏だったが、六条院の豊かな四季の巡りの中で、自身が引き出し、磨き上げた玉鬘の魅力のとりこになってしまう。多くの求婚者のうちの誰にやるのも惜しい。いつまでも父娘の仮面をかぶっているわけにもゆかず、実の父親内大臣にも引き合せてやらねばならない。一年間悩んだ結果、源氏が選んだ道は、尚侍として宮中に出仕させて、自分は後見人となって世話を続けることだった。

十二月、冷泉帝の大原行幸があった。

雪、たゞ、いさゝかうち散りて、道の空さへ艶なるに、親王《みこ》達、上達部《かんだちめ》なども、鷹にかゝづらひ給へるは、めづらしき、狩の御よそひどもを設け給ふ。諸衛《そゑ》の鷹飼どもは、まして、よに目馴れぬ摺衣をみだれ着つゝ、けしき殊なり。

その日は雪が少しちらついていて、鷹狩にたずさわる方々は見事な衣裳に身を固めていらした。近衛の鷹飼たちは珍しい摺狩衣を無造作に着こなして、格別な様子である。その行列を一目見ようと、女君達も早朝から物見車を引き出して見物なさる。玉鬘も例外ではなかった。

初めて目にした冷泉帝は赤色の御衣を召され、その端正な横顔は微動だになさらない。実の父、内大臣のお姿も、人知れず注意して拝する。威儀を正して綺麗で、男盛りではあるけれど、帝の素晴らしさにはかなわない。多くの公達の行列を目のあたりにして、玉鬘は光源氏ほどのお方は世に稀なのだったと初めて思い知る。右大将ほどの人でも重々しく気取ってはいるものの、色が黒く髭が多い感じで気持が悪い。ふだん源氏父子を見慣れているので、身分の高い人は皆綺麗で上品なのだとばかり思っていたが、そうではなかったのだ。

翌日、源氏は早速玉鬘に文をよこす。昨日、帝を拝みなさいましたか、宮仕えする気になりましたか、と。

うちきらし朝曇りせしみ雪にはさやかに空の光やは見し

雪の日でははっきり光が見えるでしょうか、と、玉鬘は答えるが、源氏は、

あかねさす光は空にくもらぬをなどてみ雪に目をきらしけむ

と、帝の光輝く美しさを称えて、宮仕えの決心を促す。

宮仕えさせるためには身元を明かさなくてはならない。源氏は玉鬘を実の父親内大臣に引き合わせ、その祖母大宮にも対面させる。そして父親の立ち会いのもとで裳着の儀式（女性の成人式）もきちんと済ませ、翌年の初冬には正式に尚侍として出仕することが決まった。

落胆したのは以前から思いを寄せていた求婚者達である。玉鬘が帝のものになる前に、何とか自分のものにしたいものだと、側づかえの女房達に泣きついた。だがそれは「吉野の瀧をせかむよりも、かたきこと」と記されている。それほどに源氏の意向は絶対的なものだったのだ。

「初霜むすぼゝれ、艶なる朝に」女房達がこっそりことづけられた恋文を読んでお聞かせする場面がある。玉鬘には今更手に取って読もうという気はない。中でも嘆きが深いのは、あの螢火のもとで玉鬘を見た夜のことが忘れられない兵部卿の宮の文である。

あさ日さす光を見ても玉笹の葉わけの霜をけたずもあらなん

たとえ帝の御寵愛を受けても、笹の葉の間の霜のような私を忘れないで下さい、と未練たっぷりの歌を、霜にかじかんで折れた笹の枝に結び、その霜を落とさずに使者がもたらした。朝の光が射すと消えてしまうはかない初霜の情に打たれたのか、玉鬘は数ある恋文の中から、ひとつだけお返事を書いたのだった。

心もて日影にむかふあふひだに朝おく霜をおのれやは消《け》つ

自分から望んで日に向かう葵、つまり向日葵でさえ、朝置く霜を自分で消すでしょうか。まして私は自分の意志で宮仕えするわけではないのです。この返歌は、求婚者達の中でもこの宮に玉鬘が心惹かれていたことを示しているのかも知れない。

玉鬘が、よりによってあの髭黒の大将の手に落ちたのはこの直後のことであったらしい。らしい、と言うのは、この間の記述は一切なく、「真木柱」の巻に至った読者はいきなり、「帝が耳になさったら恐れ多い。しばらくは世間に漏らすな」という源氏の言葉を聞き、「思はずに憂き、宿世なりけり」と思い屈する玉鬘を目のあたりにするのである。これも初冬の出来事だった。

喜んでいるのは髭黒の大将だけ。この人にはれっきとした北の方（正妻）がいて子供が三人もいる。ただでさえ病気がちの北の方は、このところずっとふさぎこんでいる。この人は式部卿の宮の姫君で、紫の上は異母妹にあたる。身分も人柄も申し分ないのだが、時折もののけにおそわれて正気を失うことがある。豊かだった髪も今はやつれ、櫛《くし》けずることもしないまま、ところどころ涙で固まっている。そんな状態のところへ玉鬘を迎え入れようと、邸の改装まで始めてしまうのだから、無神経きわまりない。北の方の心が穏やかな時を見はからって、言葉を尽して説得すると、生来もの静かで気だてがよく、おっとりとした方なので素直に夫の言い分を受け入れたようだった。

ところが胸のうちは煮えくりかえっていたのである。日暮になって髭黒の大将が玉鬘に逢いに行こうとそわそわし始める頃、「雪、かきくれて降る」。この描写は北の方の心のうちをも表していると言えよう。

「あやにくなめる雪を。いかで、分け給はんとすらむ。夜も更けぬめりや」

と、そゝのかし給ふ。「いまは限り、とゞむとも」と、思ひめぐらし給へる気色、いとあはれなり。

心のうちを隠して、

「あいにくの雪をどうやって分けておいでですか、夜も更けたようです」

と、玉鬘のもとへ行くようお勧めになる。もうおしまいだ、ひき止めても無駄だと諦めている北の方の様子は本当に不憫だ。この期に及んで、あれこれ言いつくろう夫に対して、

「家にいてくれても心が他所に行っているのだったらかえって辛い。よそに行っても心の中で

私を思い出して下さるなら、涙で濡れた袖の氷も溶けるでしょう」

と言って外出の手助けをする妻。それは正妻としての最後の誇りを保った姿だったのである。

彼女の心のうちの吹雪に夫は気づかない。衣に念入りに香を焚きしめ、着飾って出かけようとする。


その時、急に起き上がった北の方は、香を焚きしめるための伏籠の下にあった火取り（香炉）を手にしたかと思うと、夫の後ろから浴びせかけた。あたり一面灰だらけ。目鼻にまで入って、衣は焼け焦げ、穴があき、下着まで脱がなければならない有様。さあ、また、もののけがついたと大騒ぎになり、あとは修羅場と愁嘆場——もののけのせいにはしてあるが、鬱屈した妻の怒りや怨みが爆発したものだろう。

とうとう玉鬘のもとへ行けなかった髭黒は、翌朝手紙を書く。急に死にかかった人が出て、とか、雪の降り具合も出かけにくく、とか、ぐずぐずしているうちに体が冷えてしまって、などと聞き苦しい言い訳をしたあげく、

心さへ空にみだれし雪もよにひとりさえつる片敷の袖

と、受け取った方の心まで寒くなるような歌を添えて。

玉鬘は待っていたわけでもなく、夜がれを気にもしていないので、手紙を読みもしない。当

然返事もない。新婚とも思えない冷えきりようである。雪にかきくれていたのは玉鬘の心境でもあったのだ。

その後、北の方の容態も夫婦仲も悪化する一方なので、父の式部卿の宮は、これ以上恥さらしなことにならぬうちにも、娘と孫達を自邸に引き取ることになさった。住み慣れた家を離れねばならない日、孫娘はとても悲しみ、いつも倚りかかっていた真木柱に、私を忘れないでね、と歌を詠んで柱の隙間に差し込んでおいた。それは、「日も暮れ、雪ふりぬべき空の気色も、心ぼそう見ゆる夕」のことであった。まだ十二、三歳の娘の小さな胸をも、雪は暗く乱したのである。

こうしてまわりの人々を嘆かせた玉鬘の結婚だったが、髭黒の大将は彼女を下にも置かず大切にし、翌年の十一月には可愛い男の子まで生れた。源氏とのあやうい関係が、いったいどうなってゆくのだろうと期待していた読者にとっては、このありきたりな結末はつまらない限りだが、表向きは大層めでたく玉鬘は六条院のヒロインの座から降りる。

夜の雪――空より降って来た不幸

光源氏の晩年の悲劇が始まったのは、雪の降る寒い暗い年の暮のことだった。六条院への盛大な行幸の後、体調を崩しておられた朱雀院は、最愛の娘、女三の宮の裳着を見届けて、剃髪なさった。院の現世における最後にして最大の気がかりは、この姫君の行く末のこと。お見舞に訪れた源氏は、婿としての後見役をじきじきに頼まれて、断りきれない。

雪の降る中を六条院に戻った源氏は、「なま心苦しう、さまゞ思し乱る」。この年、源氏は三十九歳。不惑を目前にした男の心の乱れを、夜の雪が象徴しているようだ。

又の日、雪うち降り、空の気色も物あはれに、すぎにしかた、行く先の御物語、きこえかはし給ふ。

六条院の女あるじとして、源氏の最愛の妻として、ゆるぎない座を占めていた紫の上に、この件を切り出した日のことは、このように語り出されている。院がお気の毒で、すげなくお断りするわけにもゆかなかったのだ、とか、あなたへの思いは何ら変りはないのだから、私を信じなさい、とか、陰口をきく人の話を信じて、つまらないやきもちはやきなさるな、など言葉を尽して理解を求める源氏だが、紫の上にとっては「空より出で来にたるやうなる事にて、のがれ給ふかたなき」不幸である。

源氏の望み通り表面はいとも冷静に、ものわかりよく現実を受け入れた紫の上だったが、この日空をかき暗していた雪は、彼女の胸の底にまで降り積み、心を凍らせた。

分別盛りの源氏が、何故今更親子ほど年の離れた娘に心惹かれたのか——。昔、紫の上を引き取った時のように、亡き藤壺のゆかりである姫君に心が動いたのである。だが、その期待はすぐに裏切られる。この姫君はかつての若紫のように気のきいた、手ごたえのある娘ではなかった。源氏はすぐさま二人の女の板ばさみに悩むことになる。

紫の上が、もし、あの髭黒の妻のように心の修羅を言動に表せる人であったなら、この後の悲劇は形を変えていただろう。だが、慎しみ深くプライドを保ち、何よりも見苦しい嫉妬を嫌った源氏の望み通りに言動を装った彼女は、鬱憤をすべて心のうちに押しこめてしまった。夫に火取の灰をあびせかけた妻よりも、平静を装って夫の外出仕度を手伝う妻の方が心の傷や悲しみが浅いわけではないことを、天下の色好みの源氏が見抜けなかったのだろうか。後年の紫の上の発病は、このもの思いに端を発していたのである。

冬籠——宇治の姉妹

源氏物語の人々は多く秋に死んでいる。秋は死の季節でもあるかのように。宇治十帖に登場する八の宮の死も例外ではなかった。残された大君と中の君の姉妹は、ただでさえ淋しい宇治の秋の深まりを、無明長夜の闇に迷う思いで過ごしたのだった。時雨や落葉の音も、霧の中で鹿が鳴く声も、萩にかかる露も、鳴き渡る雁が音《ね》も、何もかもが父を亡くした悲しみにつながるのだった。

遂にゆく道とはかねて聞きしかど昨日今日とは思はざりしを

その訃報に接した時、薫は在原業平《ありわらのなりひら》のこの歌を先ず思い出した。薫が私淑していた八の宮は常々この世の無常を口にされていたので、観念的には覚悟していたことだったが、それにしてもこんなに急なことだったとは……。その思いは宇治の姉妹も同じことだった。

驚くことにはこんな深い悲しみの中でも、月日は過ぎてゆくのであった。季節はいつの間にか移っており、雪や霰《あられ》が山里をいっそう淋しく感じさせる。八の宮の死後しばらくは弔問客もあったが、冬になると人の出入りもすっかり途絶えてしまった。まれに杣人《そまびと》がやって来るのがせめてもの変化である。長い冬に備えて、薪や木の実などを持って来るのだった。

八の宮が教えを受けていた宇治の阿闍梨《あじゃり》の庵からは、例年通り炭が届いた。そのお返しには冬籠《ごも》り用の綿入れなどを持たせる。訪う人も絶えた宇治の雪の中で暮らす姉妹は、互いを温めあうように生きていた。

深い雪をおかして、ある日薫がやって来た。八の宮から死後のことを頼まれたので、姉妹の暮しぶりが気になってならないのである。降りつのる雪にお供の者は、帰りをうながす。「暮れ果ててしまったら、雪は道ばかりでなく空までふさいでしまいそうです」。

冬の宇治が孤立した世界であることを物語っていよう。

移転を勧める薫の言葉に耳を貸さず、誠意ある薫の思慕をも拒絶して、大君はその一年後の冬、父のあとを追うように逝ってしまった。十二月の月を眺めつつ今度は薫が宇治に籠ってしまうのだった。

衣くばり——源氏の年用意

師走も半ばを過ぎると、年用意《としようい》で気ぜわしい。平安朝の人々もそれは同じだった。いや、もっと忙しかったことだろう。現代の我々よりも節季ごとのしきたりを重んじていた時代であったから。

「衣《きぬ》くばり」もそのひとつ。昔の人々は着る物に魂が乗り移ると信じていたので、新年を迎えるにあたって目上の人から着物が配られていた。それは優れた魂や力が分け与えられることでもあったのだ。

この風習は長い間続いていて、例えば商家で年末にお仕着せを配ることなども、その名残りと見られている。

「玉鬘」の巻に見られる衣くばりは、まさに豪華絢爛そのもの。新築の六条院で迎える正月とあって、源氏は四季の御殿の女あるじ達のために、心をこめて春着を選んでいる。

「かた〲に、うらやみなくこそ」

と配慮する源氏の傍らでアドバイスするのは、これらの衣裳を取り揃えた紫の上。

「お召しになる方のお顔を思い浮かべなさってさし上げなさいませ。どんなに品物がよくても、似合わなければ何もなりません」。

「さては何気なく方々の器量をおしはかろうとしているね」

と、源氏はにっこり笑う。同じ屋敷うちに住んでいても、女性同士は顔を合わせることなどなかったのだ。源氏の選んだ衣裳によって私たちも女君たちの容貌を想像してみよう。

まず紫の上には紅梅の紋がくっきり浮き出た葡萄染《えびぞめ》の小袿《うちぎ》と、濃紅梅の下襲《したがさね》とを。明石の姫君には桜の細長《ほそなが》に艶のよく出た掻練《かいねり》を添えて。花散里《はなちるさと》には浅縹《はなだ》の波や貝を織り出した模様で色鮮やかではないものに、濃い紅の掻練をつけて。

玉鬘のためには曇りのない赤に、山吹色の細長が選ばれた。紫の上は見ぬふりをしながらもあれこれ想像を巡らし、心中穏やかではない。鮮やかな色が似合う美女が見えて来るようではないか。

明石の君には、梅の折り枝、蝶や鳥の飛びちがう模様の唐風の白い小袿に、濃紫の艶のあるものを重ねて。見るからに気品のある組み合せに、紫の上はねたみを覚える。これを同じ日に着るようにと文《ふみ》を添えて配り、源氏は年が明けるのを心待ちにしている。

最後の春秋——年もわが世も

光源氏の生涯最後の一年を綴った「幻」の巻は、輝く女性を亡くした失意の日々が、二条院の四季の巡りとともに描かれている。亡き人の思い出は、すべて季節とともに甦り、季節の移りゆきに従って光源氏は物語から退場する。「源氏物語」が春秋すなわち季節の物語であることを、改めて認識するような歳時記さながらの一巻である。源氏とともに紫の上の思い出を辿り、四季の移ろいの中で光源氏の命の最後の光を見届けることにしよう。

新春、人々が年始に参上するが、源氏は御簾のうちに籠ったまま、弟の兵部卿の宮以外は誰にも会おうとしない。

我が宿は花もてはやす人もなし何にか春のたづね来つらむ

紫の上は花を愛し、春そのもののような女性だったので、その女あるじのいない二条院に春がやって来ても、ことさら空しいのである。

春の雪が降った朝、あの女三の宮のお輿入れ直後の沫雪の明け方を思い出し、紫の上の気持を今更ながら思いやる。折しも自分の局《つぼね》に帰る女房であろう、

「いみじうも積りにける雪かな」

という声を聞くにつけても、あの朝がまざまざと甦る。そんな源氏に女房たちは埋もれ火を掻

き起し、火桶をさし上げる。

二月《きさらぎ》になれば、花の木どもの、盛りなるも、まだしきも、こずゑをかしう霞みわたれるに、かの御形見の紅梅に、うぐひすの、はなやかに鳴き出でたれば、たち出でゝ御覧ず。

植ゑて見し花のあるじもなき宿に知らず顔にて来ぬるうぐひす

と、うそぶきありかせ給ふ。

春、深くなりゆくまゝに、御前の有様、いにしへに変らぬを、めで給ふかたにはあらねど、しづ心なく、何事につけても、胸いたう思さるれば、おほかた、この世のほかのやうに、鳥の音も聞えざらん山の末、ゆかしうのみ、いとゞ、なりまさり給ふ。山吹などの、心ちよげに咲き乱れたるも、うちつけに露けくのみ、見なされ給ふ。ほかの花は、一重散りて、八重咲く花ざくら、さかり過ぎて、樺桜はひらけ、藤は、おくれて色づきなどこそすめるを、その遅く疾き、花の心をよく分きて、いろ〳〵を尽くして、植ゑおき給ひしかば、時を忘れず、匂ひみちたるに（略）

長い引用となったが、紫の上が晩年を過ごし、心をこめて造園した二条院の庭は、春が最も美しい。形見の紅梅がほころぶと鶯が忘れずにやって来る。遅咲きや早咲きの花の性質を知り尽して植えておかれた花々が、時を忘れずに一面に咲き続けているのを目のあたりにするにつけても、源氏の胸は痛むばかりだ。

涙にくれる日々の中で、たったひとつ心が明るむ思いがするのは、明石の中宮が産んだ匂宮が元気に利発に育っていることである。中宮の育ての親だった紫の上も孫のように可愛がっていたこの男の子は今年六歳。おばあ様から生前託された紅梅と桜を、とても大切にお世話している。この子の成長した姿を見届けることができないのが源氏としても心残りである。

この匂宮を伴って六条院を訪ねると、ここには出家した女三の宮と薫母子が淋しく暮らしている。ここで源氏は仏前に供える花に夕日が映えているのを目にして、桜の花を仏の飾りと見る視点に心を動かされている。だが匂宮は五歳の薫と走りまわって、花を惜しむ気持などどこへやら――まったく子供である。

花の下に、この無邪気な二人の若君を登場させることで、光源氏の血脈も、華やかな物語も、たしかに受け継がれてゆくことを暗示している場面だ。この男の子達――匂宮と薫君が成長して、源氏没後のいわゆる宇治十帖の主人公となるのである。

この日源氏は夕霞のたちこめる中で明石の君を訪ね、亡き人の思い出を語り合う。

四月には花散里から更衣の衣裳が届き、夏衣に着がえる今日ばかりは、古い思いもさめるでしょうと歌いかけられるが、蟬の羽の薄い衣に着がえる今日からは、はかない世がますます悲しいと歌を返す。

ただ葵祭の日だけは、気に入りの女房、中将の君の歌に

おほかたは思ひ捨てゝし世なれどもあふひはなほや罪犯すべき

と応えて、全く世を捨て切ってしまったわけでもないそぶりは示すが、ここから話が進展するわけでもない。

やがて来た五月雨の季節には、いっそう物思いに沈んで、花橘の香る月夜に訪ねて来た夕霧と、折しも鳴いたほととぎすの歌を詠みかわす。橘の花は「昔の人の袖の香ぞする」と詠まれた香であり、ほととぎすは冥途に通う鳥とされていた。

夏の日も、心通う相手を亡くした源氏にとっては、孤独感を深めるばかりだ。池の蓮の花が盛りであるのを目にすると、何よりも先ず、あの最後の日々の紫の上が思い出される。気が抜けたようにじっとしているうちに日も暮れ、ひぐらしが鳴き始めた。庭の撫子の夕映えも、たった一人で見るのは甲斐がない。やがて螢が飛び始めた。こんな時、悲しみを詠んだ古歌の思いや漢詩の心を、つくづくと思い知るのであった。

光源氏の生涯に、こんな孤独の日々が待っていようとは。誰にも会わず、ひとり季節の移りゆきを眺めている源氏を見ていると、四季折々の趣をともに味わい、人生の哀歓を重ねて来た相手を失うことが、いかに大きな喪失感をもたらすものか、晩年の悲しみが伝わって来るようだ。

七月七日の星合の夜、八月十四日の命日、九月九日の菊の節句、十月の時雨がちな空、雁が渡る頃、十一月の五節《ごせち》の祭——こうした節目節目にも源氏は亡き人を思う歌を詠み続けている。紫の上と過ごした春秋をなつかしむことは、そのまま源氏の一生を思い起すことでもある。この一年はそのために費され、同時に出家の準備のための日々でもあった。

年末近いある日、源氏は思い出の文をすべて焼き、紫の上と同じ雲井の煙となれ、と歌を詠む。十二月十九日から三日間、罪を懺悔する法会、御仏名《おぶつみょう》が清涼殿で催されたが、出家の覚悟が定まった源氏は、

春までの命も知らず雪のうちに色づく梅を今日かざしてむ

と詠み、その日、喪籠り以来初めて人々の前に姿を現した。「御かたち、昔の御光にも、又、多くそひて、ありがたく、めでたく見え給ふ」と、最後まで光を放って、源氏は姿を消した。輝く雪の中で、ほころび初めた梅の枝をかざした姿を私たちの瞼の裏に焼きつけたまま。

こうして涙の一年が暮れ、新しい年を迎える用意を万端ととのえて、源氏は最後の歌を詠む。

物思ふと過ぐる月日も知らぬまに年もわが世もけふや尽きぬる

年の暮れとともに人生の幕を下ろした光源氏は、自然の大きな流れから、ある日ふと一人身を隠したのである。続く「雲隠」の巻は巻名のみで、その日がいつであったのかは、誰も知らない。

おわりに

「源氏物語」を初めて読んだのは、高校の教科書だった。桐壺の巻の所どころが抜萃されていたと思う。多くの古典の授業の例に違わず、文法的説明と品詞分解と、受験のための傾向と対策が先立ち、本文を味わうゆとりなどまるでなかった。と言うより、十代の私にはこの物語を受け入れる人生の素地が全くなかった。

しかし同じ古典でも、「更級日記」は文学少女の友人を見つけたような気がして、教科書の中でも一番好きだった。世の中に物語というものがあることを聞き知った十二、三歳の少女が、薬師仏を作って、物語をあるかぎり見せ給えと身を捨てて額づき祈るくだりなど、ことに好きだった。

その彼女が最も夢中になったのが「源氏物語」だった。やっと手に入れた五十余巻を一人占めして、「几帳の内にうち臥してひき出でつつ見る心地、后《きさき》の位も何にかはせむ」と言い放つ頬の火照《ほて》りが伝わって来た。さらに「われはこの頃わろきぞかし、盛りにならば、容貌《かたち》もかぎりなくよく、髪もいみじく長くなりなむ。光の源氏の夕顔、宇治の大将の浮舟の女君のやうにこそあらめと思ひける心」など、そのまま高校生の私だった。

友達が勧める本を借りて読む程度の文学少女だった私は、彼女がそれほどいいと言うのなら、というくらいの気持で「源氏物語」を買った。無論原文は歯が立たなかったので、角川文庫の対訳を読んでみた。大学では源氏の原典講読を受講した。源氏の読書会にも入った。

そうやって何年もかけてやっと全巻読んだのだったが、本当に興味を抱いて読み返したのは、ずっと後になってからのことだった。

この物語は言うまでもなく光源氏という男性の一生を描いたものだが、実は様々な女性の生き方を描いたものではないか。女性の読者は源氏をめぐる女性たちに、いつしか自らを投影して読んでいることに気づく。

自分の心の中にも六条御息所《みやすんどころ》の懊悩を感じ、空蟬《うつせみ》の矜持《きょうじ》を抱き、紫の上のかなしみを見出す。これは十代の頃には知り得なかった奥行きだ。「更級日記」の彼女もいくたびか読み返したことだろう。

さらに物語の主な出来事が折々の季節の風物とともに描かれている。このことが私たちの人生の実感と思い出に密接に結びつき、より深い共感を呼ぶのだ。

「春秋を知る」という言葉があるが、人生の哀歓を知った者が、たとえば秋の月を眺める時、今見えている光の奥に、思い出の夜がある。忘れ得ぬ人がいる。と同時に、さらにその向こうに源氏が明石で仰いだ明月が見え、紫の上が昇天した夜を思う。民族の共通の記憶のように、「源氏物語」の場面が月につけ、花につけ、虫の音につけても人々の心の襞《ひだ》にたたみこまれているということは、素敵なことではないか。

季語というひとつの切り口から、この物語を読んで来たが、さまざまな読み方ができるのが古典の古典たる所以《ゆえん》である。これを機に、この長大な物語に興味を持った人が、また違う面から読み進めていただけたら嬉しいことだ。

本書は月刊誌「俳句」に二年間、公明新聞に一年間連載したものを元に、まとめたものである。

連載の最中、私は夫を亡くした。秋の深まった頃だった。三十三の春秋を共にした相手だった。最終章の光源氏の思いは、そのまま私の思いでもある。

そうして今あらためて思うのだが、「源氏物語」は死の物語でもある。桐壺をはじめとして、多くの巻に人の死が描かれている。光源氏は生涯にどれほど死別を体験したことか。

この悲しみが鎮まったら、また、源氏を読み返してみようと思っている。

平成十九年　八月十六日　　　西村和子

西村 和子（にしむら かずこ）

昭和23年 横浜生まれ。

昭和41年「慶大俳句」に入会、清崎敏郎に師事。

昭和45年 慶応義塾大学文学部国文科卒業。

平成8年 行方克巳と「知音」創刊、代表。

句集『夏帽子』（俳人協会新人賞）『窓』『かりそめならず』『心音』（俳人協会賞）『鎮魂』『椅子ひとつ』（小野市詩歌文学賞・俳句四季大賞）。

著作『虚子の京都』（俳人協会評論賞）『添削で俳句入門』『俳句のすすめ 若き母たちへ』『気がつけば俳句』『NHK俳句 子どもを詠う』『自句自解ベスト100西村和子』『角川俳句ライブラリー 愉しきかな、俳句』『自由切符 俳句日記』『季語で読む枕草子』『季語で読む徒然草』ほか。

毎日俳壇選者。俳人協会副会長。

季語で読む **源氏物語**

2007年9月15日　第1刷発行
2023年9月15日　第4刷発行

著　者　西村 和子
装　画　佐野 千枝
装　幀　片岡 忠彦
発行者　飯塚 行男
発行所　株式会社 飯塚書店
〒112-0002 東京都文京区小石川5-16-4
TEL 03-3815-3805 FAX 03-3815-3810
http://izbooks.co.jp
印刷・製本 モリモト印刷株式会社

ISBN978-4-7522-2051-0　Printed in Japan